Spieglein, Spieglein...

was soll ich tun?

von

Manuela Kusterer

Bibliografische Information der Deutschen Nationalbibliothek:
Die Deutsche Nationalbibliothek verzeichnet diese Publikation in
der Deutschen Nationalbibliografie; detaillierte bibliografische
Daten sind im Internet über http://dnb.dnb.de abrufbar.

2. Auflage März 2023
Covergestaltung: Peter Kusterer
Zeichnungen: Gertrude Gebauer
Foto Umschlag: Adobe-Stock
Herstellung und Verlag: BoD - Books on Demand,
Norderstedt
ISBN: 9783756817061

Manuela Kusterer, in Pforzheim geboren, Jahrgang 1964, lebt heute mit ihrem Mann und ihrem Hund in Remchingen.

Der Roman Spieglein, Spieglein... spielt in Pforzheim, dem Geburtsort der Autorin. Sie hat zwei erwachsene Söhne.

2016 veröffentlichte sie ihren Debütkriminalroman „Das Schweigen im Schwarzwald" im Selfpublishing. Daraufhin folgten drei weitere Schwarzwaldkrimis, die zur Regionalkrimiserie gehören und im Kurort Schömberg im Nordschwarzwald angesiedelt ist. Außerdem gibt es von der Autorin eine Romanserie, die mit dem Buch „Die Liebe, das Leben und die täglichen Katastrophen" beginnt.

„Wer nicht vergessen kann, muss töten", „Gefährliche Entscheidung" und „Gefährlicher Deal" sind unabhängige Krimis, die in Berlin und in Pforzheim spielen.

Wenn die Autorin gerade nicht schreibt, lernt sie gerne Fremdsprachen oder malt Aquarelle.

Besuchen Sie die Autorin im Internet.

www.manuelakusterer.com
oder in Facebook:
AutorinManuelaKusterer

Handlungen und Personen in diesem Roman sind frei erfunden.
Ähnlichkeiten mit lebenden und toten Personen sind nicht gewollt und rein zufällig.

Buch

Als eines Tages im Badezimmer der Spiegel mit ihr spricht, zweifelt Felicitas an ihrem Verstand. Er warnt sie, ihren Freund Markus zu heiraten. Sie nimmt das nicht ernst und beschließt, einen Psychiater aufzusuchen. Weil der Spiegel sie aber noch vor anderen Situationen warnt, die dann auch so eintreffen, glaubt sie an hellseherische Fähigkeiten und entscheidet, dass vorerst keine Hochzeit stattfinden wird.

Außerdem ist sie abgelenkt, weil es ihrer Freundin Rike immer schlechter geht. Als sie Rike helfen möchte, ist diese spurlos verschwunden.

Zusammen mit Markus und drei weiteren Freunden versucht sie die Freundin zu finden.

Bei Felicitas kommt der Verdacht auf, dass Markus sie mit ihrer besten Freundin Katharina betrügen könnte. Aber sich darum zu kümmern, fehlt es ihr an Zeit und Kraft. Dazu kommt, dass ihre Familie und Katharina ihr ständig einreden, dass nur ihr Jugendfreund Felix der Richtige für sie sei. Felicitas findet das lächerlich, da er wie ein Bruder für sie ist. Als sie endlich ihre wahren Gefühle erkennt, befürchtet sie, dass es zu spät sein könnte.

Dieses Buch widme ich meinem Mann Peter, der immer an mich glaubt und mich beim Schreiben unterstützt.

Prolog

Lara Ritter saß im Sprechzimmer bei einer Psychologin in Berlin und wartete, bis diese Zeit für sie hatte. Sie war nervös, hatte sie doch lange gebraucht, um sich zu diesem Schritt zu entschließen. Nachdem die vierzigjährige Frau ihre Krankenkassenkarte eingelesen und sich einige Notizen gemacht hatte, setzte sie sich ihrer Patientin gegenüber auf einen grün gepolsterten Stuhl. Lara starrte fasziniert auf die lange, blonde Lockenmähne der Therapeutin, die sie aus ihren Gedanken riss.

„Frau Ritter, was kann ich für Sie tun?"

„Nun ja, ich weiß nicht so recht, wie ich anfangen soll."

Sabine Böhring bemerkte ihre Verunsicherung.

„Dann sagen Sie mir doch einfach mal, was Sie bewogen hat mich aufzusuchen und was Sie sich von einer Psychotherapie bei mir erhoffen."

Lara atmete tief durch und erzählte. Dabei strich sie sich immer wieder eine rotblonde Locke ihrer ebenfalls langen Haare aus dem zierlichen Gesicht.

„Also, eigentlich geht es mir nicht schlecht. Ich habe keine Ängste oder Depressionen. Deshalb habe ich mir auch überlegt, ob ich überhaupt hierherkommen soll.

In mir ist nur eine totale Leere, die mit jedem Jahr mehr zunimmt."

„Sie sagen nur. Ganz so harmlos kann das ja nicht sein, da Sie sich schließlich doch durchgerungen haben, zu mir zu kommen. In wieweit meinen Sie, schränkt diese Leere Ihre Lebensqualität ein?"

„In letzter Zeit zunehmend. Ich habe an fast nichts mehr Freude. Außerdem fühle ich mich des Öfteren antriebslos. Dadurch ist auch meine Beziehung in die Brüche gegangen. Ich habe außerdem Angst, an einer Depression zu erkranken und überhaupt nichts mehr auf die Reihe zu bekommen."

„Ich finde es richtig, dass Sie sich zu einer Therapie entschlossen haben. Das sind ernstzunehmende Probleme.
Beschreiben Sie doch diese Leere etwas genauer."

„Hm, ich habe immer das Gefühl, dass mir etwas oder besser gesagt jemand in meinem Leben fehlt. Diese Lücke konnte auch mein Freund nicht ausfüllen. Und als er das bemerkte, hat er sich von mir getrennt. Seitdem fühle ich mich noch ausgelaugter."

„Haben Sie denn Familie oder einen Freundeskreis?"

„Ich habe liebe Eltern." Lara schluckte.

„Die beiden machen alles für mich und ich liebe sie sehr. Ich kann mir keine besseren Eltern vorstellen. Daran kann es also nicht liegen. Natürlich habe ich auch ein paar Freundinnen, aber keine richtig enge Freundschaft. Irgendwie haben die alle andere Interessen als ich."

„Gut, dann kann ich mir schon einmal ein Bild machen. Unsere Zeit ist nun leider um. Können Sie sich denn vorstellen, eine Therapie bei mir zu machen? Oder möchten Sie vielleicht noch einen Kollegen oder eine Kollegin kontaktieren?"

„Nein, auf keinen Fall. Ich fühle mich hier sehr gut aufgehoben und würde das gerne bei Ihnen machen." Die Psychologin war ihr von Anfang an sympathisch gewesen.

„Gut, das freut mich. Ich gebe Ihnen hier noch ein Formular mit. Das füllen Sie mir bitte bis zum nächsten Termin aus. Wie wäre es mit nächsten Montag um 16:00 Uhr?"

„Perfekt. Normalerweise arbeite ich um diese Uhrzeit noch, aber ich kann auch mal etwas früher Feierabend machen. Ich bin Arzthelferin und die Praxis, in der ich seit Kurzem angestellt bin, befindet sich ganz in der Nähe."

Kapitel 1

Fassungslos schaute ich mein Spiegelbild an und war der Meinung, dass es mit mir gesprochen hat. Wurde ich verrückt oder war ich nicht richtig wach?

Schließlich hatte ich eine schlaflose Nacht hinter mir. Mein Freund Markus war schuld daran. Ich ließ den gestrigen Abend Revue passieren.

Dabei hatte alles wie an jedem Freitagabend begonnen. Ich freute mich auf unser gemeinsames Pizzaessen.

Er stand wie immer mit zwei Kartons vor der Tür und es duftete verführerisch nach meiner Lieblingspizza mit Meeresfrüchten. Gutgelaunt begrüßte ich ihn mit einem Kuss und er strahlte mich freudig an. So kam es mir auf jeden Fall vor.

„Hey, gibt´s was zu feiern?", hatte ich ihn gefragt.

„Aber sicher doch", antwortete er.

„Na dann, komm erst einmal herein."

Nachdem ich über mein Essen hergefallen war, als hätte ich drei Tage nichts mehr gegessen, schaute ich Markus an und fragte: „So, jetzt spann mich mal nicht länger auf die Folter und erzähle mir, was es Schönes zu feiern gibt."

Langsam stand er auf, sah mich feierlich an und kniete sich vor mir nieder. Dabei wurde mir ganz flau im Magen, ahnte ich doch, was da kommen würde. Und so war es dann auch gewesen. Markus hatte mir einen Heiratsantrag gemacht, mit der Absicht, sich zu verloben. Sogar die Ringe waren in seiner Hosentasche. Was soll ich sagen? Es verlief nicht so, wie er es sich vorgestellt hatte. Ich musste ihn ziemlich entsetzt angeschaut

haben, denn er sprang auf und sein Lächeln war verschwunden. Schnell versuchte ich, dem Abend eine andere Wendung zu geben, aber es war zu spät.
Es endete im Streit. Mein Freund hatte mir an den Kopf geworfen, dass ich ihn nicht lieben würde. Und als ich dann nicht gleich antwortete, war er einfach davongestürmt. Mir wurde erst bewusst, was ich angerichtet hatte, als die Wohnungstür mit lautem Knall ins Schloss gefallen war.

Erneut schaute ich nun in den Spiegel. Ein blasses Gesicht, umrahmt von einer goldblonden, ungezähmten Lockenmähne, sah mir entgegen. Ich überlegte, ob ich dabei war, meinen Verstand zu verlieren, oder ob tatsächlich der Spiegel mit mir gesprochen hatte?
Feli, also mein Spiegelbild - eigentlich hieß ich ja auf Wunsch meiner Oma Felicitas - hatte gesagt: „Du darfst ihn auf keinen Fall heiraten."

Verwirrt ließ ich mich auf dem kleinen Hocker nieder, der neben dem Waschbecken platziert war. Ich schlug die Hände vors Gesicht. Wut kam in mir auf. Wie hatte mich Markus nur so überrumpeln können? Sofort wurde mir klar, wie ungerecht ich war, weil mein Freund ein netter und einfühlsamer Mensch ist.
Vor meinem inneren Auge erschien das Bild dieses gutaussehenden Mannes mit seinen dunkelbraunen Haaren. So akkurat, wie sein Kurzhaarschnitt, hatte er sein

ganzes Leben geplant. Er war als erfolgreicher Chirurg in einer kleinen Privatklinik tätig. Dass er Arzt war, ließ meinen Vater, der es als Anwalt zu etwas gebracht hatte, in volle Begeisterung ausbrechen. Dass ich in einer gewöhnlichen Buchhandlung im Verkauf arbeitete, anstatt „was Gescheites“, wie er sich ausdrückte, studiert zu haben, konnte er nie verstehen.

Das Klingeln an der Haustür riss mich aus meinen Gedanken. Wer konnte das jetzt sein?

So, wie ich gerade aussah, wollte ich eigentlich keinen Besuch empfangen. Nach kurzer Überlegung warf ich mir einen Bademantel über und eilte zur Tür. Nachdem ich mich mit einem Blick, aus dem Fenster vergewissert hatte, dass es sich bei dem Überraschungsgast um meine beste Freundin Katharina handelte, ließ ich sie herein.

Statt einer netten Begrüßung meinte Kathi, wie ich sie immer nannte: „Wie siehst du denn aus? Hast du durchgefeiert?“

„Wünsche dir auch einen guten Morgen. Komm doch herein“, rief ich ihr hinterher, da sie schon an mir vorbeigeschossen war und sich im Wohnzimmer auf dem riesengroßen Sofa aus rotem Stoff niedergelassen hatte. Ausgerechnet auf meiner Lieblingsseite, wo man die Füße hochlegen konnte. Resigniert setzte ich mich auf den anderen Teil.

„Du kommst mitten in der Nacht hierher und wunderst dich, wie ich aussehe?“, konnte ich mir nicht verkneifen zu sagen.

„Ha, mitten in der Nacht ist gut. Es ist 11:00 Uhr. Allerdings wurde ich heute Morgen um sieben geweckt. Und weißt du auch von wem?“

„Nein, aber du wirst es mir sicher gleich sagen.“

„Von Markus.“

„Von Markus?“

„Ja, von deinem Freund.“

„Und was wollte er?“, fragte ich verständnislos.

„Wissen, ob du einen anderen hast.“

„Das darf doch nicht wahr sein“, entfuhr es mir. Meine Freundin lächelte mich an.

„Ich würde vorschlagen, du machst uns jetzt erst einmal einen Kaffee und dann erzählst du mir, was vorgefallen ist. Was meinst du dazu?“

„Gute Idee“, erwiderte ich zaghaft, erhob mich und stolzierte Richtung Küche, die sich gegenüber dem Wohnzimmer befand.

Katharina sprang ebenfalls auf, eilte zu mir, legte ihren Arm um meine Schultern und sagte: „Du wirst sehen, nach dem Frühstück sieht die Welt wieder ganz anders aus.“

Nachdem ich schweigend Kaffee aufgesetzt hatte und die Maschine vor sich hin blubberte, setzte ich mich in der kleinen Küche meiner Freundin gegenüber an den runden Tisch. Rechts und links von uns gab es nur Küchenzeilen, mehr hatte dort keinen Platz. Es war für mich das Schönste, mitten im Raum zu sitzen. Und alle Gäste fühlten sich hier ebenfalls wohl, wenn man sich auch kaum bewegen konnte.

„Was ist los?", unterbrach Kathi die Stille.

„Puh, stell dir mal vor, Markus hat mir gestern einen Antrag gemacht."

„Echt jetzt? Aber du scheinst dich nicht gerade darüber zu freuen."

„Ach, ich weiß auch nicht. Das kam jetzt so plötzlich", erwiderte ich ausweichend.

„Ich glaube ja immer noch nicht, dass er der Richtige für dich ist."

„Jetzt fang bloß nicht wieder mit dieser Leier an, dass…"

„Doch genau damit. Meiner Meinung nach seid ihr, also Felix und du, füreinander geschaffen", beharrte Kathi auf ihrem Lieblingsthema.

„Das ist absoluter Blödsinn", empörte ich mich, wie jedes Mal, wenn die Sprache darauf kam.

„Wir kennen uns seit unserer Jugend. Felix ist mein bester Freund, so wie du meine beste Freundin bist."

„Nun ja, lassen wir das Thema", beschwichtigte Kathi mit Blick auf den inzwischen durchgelaufenen Kaffee.

„Ah, ich hab schon verstanden." Ich lächelte und erhob mich, um den Wachmacher, Brot, Butter und Marmelade aufzutischen.

Wir plauderten nach dem Frühstück eine Weile, aber meine Gedanken schweiften immer wieder ab.

Nachdem Kathi gegangen war, beschloss ich, meiner Mutter einen Besuch abzustatten. Manchmal war sie die beste Freundin für mich.

Als ich das Haus betrat, waren die ersten Worte meiner Mutter: „Hallo mein Schatz, du bist ja ganz blass. Ist was passiert?"

„Nein, es ist nichts, ich habe nur schlecht geschlafen." Leicht genervt befreite ich mich aus ihrer Umarmung.

„Ist Papa auch da?"

„Nein, der ist beim Golfen."

Ich atmete auf, denn das Verhältnis zu meinem Vater war, nachdem ich nicht den von ihm gewünschten Beruf gewählt hatte, etwas angespannt.

„Gut", erwiderte ich deshalb. „Möchtest du einen Tee mit mir trinken?"

„Natürlich, ich habe heute ausnahmsweise keine Pläne für den Tag."

Das überraschte mich, denn das kam selten vor.

Nachdem ich in der Hightechküche meiner Eltern ihr gegenüber Platz genommen hatte und der dampfende Roibuschtee vor uns stand, entspannte ich mich etwas. Und plötzlich sprudelte alles aus mir heraus.

Dass Markus mir einen Antrag gemacht hatte und nach meinem Zögern beleidigt verschwunden ist.

Ich erzählte von Kathi, die der Meinung war, Felix und ich würden sowieso besser zusammenpassen. Dabei lächelte ich spöttisch.

Nachdenklich schaute sie mich an und meinte: „Nun ja, ihr macht eben einen sehr vertrauten Eindruck, aber…"

„Jetzt fang du nicht auch noch mit so einem Blödsinn an“, unterbrach ich sie empört.

„Du musst mich schon ausreden lassen“, entgegnete meine Mutter. „Ich wollte sagen, dass das kein Wunder ist, da ihr euch ja schon lange kennt. Aber wie auch immer, ich denke, wenn du dir mit Markus sicher wärst, dann würdest du überhaupt nicht zögern. Nimm dir einfach die Zeit, die du brauchst, und lass dich nicht drängen. Das muss er akzeptieren, wenn er dich liebt.“

Erschrocken fuhr ich herum, weil da ein Geräusch war. Ich saß mit dem Rücken zur Küchentür und hatte meinen Vater nicht kommen gehört.

„Huch, hast du mich erschreckt“, brach es aus mir heraus.

„Das tut mir leid.“ Dabei lächelte er so verschmitzt, dass ich mich freute, ihn zu sehen. Schließlich liebte ich ihn, wir schafften es nur nicht, längere Zeit ohne Streit zusammen zu sein. Wir waren einfach zu verschieden. Oder vielleicht doch zu gleich? Bevor ich mir weiterhin darüber Gedanken machen konnte, fragte er:

„Na, hast du mir nichts zu sagen?“

„Was meinst du?“ Ich schaute in sein strahlendes Gesicht. Da ahnte ich Böses.

„Du hast doch wohl nicht… Doch, du hast. Du hast tatsächlich mit Markus gesprochen. Vielleicht schon bevor er mir gestern einen Antrag gemacht hat.“

Das war mehr eine Feststellung als eine Frage.

„Nun ja, wir waren zusammen ein Bier trinken und da hat…"

Ich ließ ihn gar nicht weiterreden, sprang auf, verabschiedete mich und verließ fluchtartig das Haus. Mehr brauchte ich nicht zu hören. Das war zu viel. Meine Mutter versuchte, mir hinterherzulaufen, wurde allerdings von Papa aufgehalten. Ich hörte noch, wie er sagte: „Martina, lass sie! Das hat doch keinen Sinn. Du kennst doch deine Tochter."

Mir tat meine Mama zwar leid, aber ich musste Vater recht geben, es wäre unschön geworden.

„Ein Grund mehr, Markus nicht zu heiraten", murmelte ich vor mich hin.

Zuhause angekommen ließ ich mich erschöpft in den geliebten, uralten Ohrensessel fallen. Den hatte ich von meiner Oma erbettelt, weil diese sich einen elektrisch Verstellbaren gekauft hatte.

Ich war so außer mir gewesen, nachdem ich das Haus meiner Eltern in der Friedenstraße verlassen hatte, dass ich einfach losgelaufen war und das Auto stehen ließ. Ich hatte eine Dreiviertelstunde gebraucht, da ich die ganze Stadt durchqueren musste, um in die Erbprinzenstraße zu gelangen, in der sich meine kleine Wohnung befand. Obwohl die Oststadt, in der ich wohnte, nicht mit der noblen Wohngegend meiner Eltern zu vergleichen war, liebte ich mein kleines Reich und mochte die Gegend nahe am Bahnhof.

Warum ließ ich mich immer wieder von Vater provozieren? Er machte das sicher nicht mit Absicht und wollte bestimmt nur das Beste für mich. Aber das, was er als am besten empfand, war eben meistens nichts für mich. Ob eine Ehe mit Markus wirklich das Richtige für mich war, da war ich mir nicht so sicher. Klar, ich liebte ihn, aber bei diesem Gedanken kam ein bohrender Zweifel auf, den ich sogleich wieder verdrängte.

Erschrocken fuhr ich hoch, weil es klingelte. Das einzig Schreckliche an dieser Wohnung war dieser Klingelton der Haustür. Ich drückte, ohne nachzufragen, auf den Knopf des Türöffners. Überrascht schaute ich meinen Jugendfreund an, der mir wenige Sekunden später gegenüberstand.

„Felix, was machst du denn hier? Also jetzt, meine ich", druckste ich herum.

„Das hört sich aber nicht nach Freude an", antwortete er in dem Versuch, schmollend zu wirken.

„Blödsinn", versuchte ich die Situation zu retten.

„Ich freue mich immer, wenn du kommst. Hast dich schließlich schon eine ganze Weile nicht blicken lassen."

Irritiert sah er mich an. „Wir waren doch erst letzte Woche zusammen einen Kaffee trinken."

„Stimmt", mehr fiel mir dazu nicht ein. Nachdem wir uns auf der Couch niedergelassen hatten, meinte er:

„Du siehst angespannt aus. Ist was passiert?"

„Du bist nicht der Einzige, der mir das heute sagt", seufzte ich, „nein, es ist nichts. Habe nur gerade einen langen Marsch hinter mir. Und ach ja, Markus möchte mich heiraten."

Einen Moment schien es, als habe es Felix die Sprache verschlagen, dann äußerte er sich: „Ja, nun, gut, ich meine, das ist doch gut. Oder nicht?"

Verzweifelt schaute ich ihn an. Warum meinten denn nur alle, dass das gut für mich sei. Zu allem Überfluss klingelte es schon wieder. Ich drückte den Türöffner, ohne nachzufragen, und ließ die Tür angelehnt.

Plötzlich stand Markus im Zimmer. Mitten in den Begrüßungsworten stoppte er, als er Felix erblickte.

„Ach so ist das. Jetzt weiß ich auch, warum du mich nicht heiraten möchtest. Alles klar", empörte er sich.

„Aber Markus, was redest du denn da?", fragte ich vollkommen verblüfft. Felix war nie ein Thema zwischen uns gewesen. Schließlich hatte mein Freund ebenfalls eine Sandkastenliebe, mit der er sich regelmäßig traf. Bevor ich weiterreden konnte, stürmte Markus aus der Wohnung. Ich schaute Felix an, der inzwischen ganz blass geworden war und brach in Tränen aus. Stillschweigend nahm mein Jugendfreund mich in die Arme. Das liebte ich so an ihm. Wir verstanden uns und wussten immer, was zu tun war, um den anderen zu trösten.

Am nächsten Morgen näherte ich mich vorsichtig dem Spiegel im Badezimmer. Ob er mir etwas zu sagen hatte? Ich schüttelte über mich selbst den Kopf. Es war wohl doch an der Zeit, einen Psychiater aufzusuchen. Gleich am Montag würde ich die Sache in Angriff nehmen. Ich wusste nicht, wie lange ich mein Spiegelbild angestarrt hatte, aber dieses Mal kam keine Reaktion. Fast schon enttäuscht wandte ich mich ab und beschloss, erst einmal etwas zu essen.

Nachdem ich drei Marmeladenbrote verspeist und einen letzten Schluck Kaffee getrunken hatte, entschied ich mich, meine Freundin Rike zu besuchen. Vergessen war der Vorsatz mit dem Seelenklempner.

Draußen suchte ich das Auto. Es dauerte eine Weile, bis mir klar wurde, dass es in der Friedenstraße stand. Zähneknirschend machte ich mich auf den Weg durch die Stadt.

Dort angekommen, fuhr ich los, ohne bei meinen Eltern zu klingeln. Ich schaltete das Handy ein, stellte auf laut und legte es auf meinen Schoß. Freisprech-anlage für Arme nannte das Katharina immer scherz-haft. Nach dem gefühlt zwanzigsten Tuten nahm sie das Gespräch an.

„Hey Kathi, meine Liebe, hast du vielleicht Lust, Rike zu besuchen?", ließ ich sie gar nicht zu Wort kommen.

„Würde ich zwar gerne, aber ich habe keine Zeit", antwortete meine beste Freundin.

„Wie, du hast keine Zeit?", fragte ich verwundert, denn das gab es normalerweise bei ihr nicht.

„Ich hab halt was vor", kam es ausweichend zurück. Was war nur mit Kathi los? Hatte sie etwa Geheimnisse vor mir? Ich wartete, aber es kam keine weitere Erklä-rung. Überhaupt benahm sie sich seltsam und entschul-digte das damit, dass sie kaum geschlafen hatte.
Was hatte meine Freundin so aus der Ruhe gebracht, dass es ihr den Schlaf raubte? So kannte ich sie nicht.
Da kein richtiges Gespräch mehr aufkommen wollte, verabschiedete ich mich recht schnell und wünschte ihr einen schönen Tag.
Enttäuscht fuhr ich durch die Pforzheimer Innenstadt, um in die Kaiser-Friedrich-Straße zu gelangen.

Kapitel 2

Rike erwartete mich schon und hatte den Tisch für ein zweites Frühstück gedeckt. Ihr Lebensgefährte Jürgen war nicht zuhause, worüber ich mich sehr freute. Irgendwie fühlte ich mich in seiner Gegenwart nicht wohl. Was ich nicht verstehen konnte, weil er eigentlich nett war. Er kümmerte sich immer aufopfernd um Rike, der es seit einigen Wochen nicht so gut ging. Heute sah sie wieder blass aus, mit dunklen Rändern unter den Augen. Ihre braunen krausen Haare standen in alle Richtungen und schienen störrischer als gewöhnlich zu sein.

„Hey Kleine, geht´s dir heute nicht so gut?"

„Doch, doch geht schon."

Sie versuchte, mich zu beruhigen. Aber ihr Gesichtsausdruck strafte die Worte Lüge. „Ich freue mich riesig, dich zu sehen."

„Ich auch", entgegnete ich, nachdem ich sie umarmt hatte. „Wo ist denn dein Allerliebster?"

„Der ist bei seinem Stammtisch. Immer sonntags", fügte sie hinzu.

„Dann haben wir ja sturmfrei", versuchte ich sie aufzuheitern.

Rike lächelte, erwiderte aber nichts. Ich folgte ihr ins Wohnzimmer und bemerkte verwundert, dass es etwas unordentlich wirkte. Der Raum, der mit massiven Möbeln aus Kiefernholz ausgestattet war, sah sonst immer wie die Bilder aus einer Zeitschrift für ‚Schönes Wohnen‘ aus. Heute befanden sich sogar ein paar Brotkrümel auf dem neuen Parkettboden. Da muss es meiner Freundin schon sehr schlecht gehen, dachte ich bekümmert. Als mein Blick auf den Esstisch fiel, stachen mir zwei halb gefüllte Proseccogläser ins Auge. Zweifelnd schaute ich sie an und gab zu bedenken:

„Meinst du, dass das bei deiner momentanen Verfassung eine gute Idee ist? Ich nehme an, dass der Sekt nicht alkoholfrei ist?“

„Nein, natürlich nicht. Wo denkst du hin. Aber ich habe keine Lust mehr auf krank sein. Die Ärzte finden ja sowieso nichts. Vielleicht geht es mir nach dem Alkohol wieder besser.“ Sie zwinkerte mir zu. Da ich kein Spielverderber sein wollte, stieß ich mit ihr auf unsere Gesundheit und die Zukunft an, obwohl es mir gerade nicht nach Prosecco zumute war.

Eine Weile plauderten wir, als Rike sich plötzlich die Hand vor den Mund hielt und Richtung Toilette rannte. Daraufhin folgten Würgegeräusche, die sogar durch die geschlossene Tür zu hören waren. Dachte ich es mir doch.

Es dauerte ungefähr zehn Minuten, bis meine Freundin zurückkehrte und sich kleinlaut mir gegenüber niederließ. „Sag nichts." Sie sah müde aus.

Ich ließ ihr kurz Zeit und beobachtete sie genau.

„Jetzt reicht´s! Wir fahren ins Krankenhaus. Komm!", forderte ich sie auf und erhob mich von meinem Stuhl.

„Nein, jetzt beruhige dich mal. Ich komm schon klar. Ich hätte auf dich hören und keinen Alkohol trinken dürfen. Ich verspreche dir, morgen noch einmal zum Hausarzt zu gehen. Ganz bestimmt", fügte sie hinzu, als sie meinen zweifelnden Blick sah.

Ich ließ mich überreden, sie nicht länger zu bedrängen, und ging nach Hause, nachdem ich Rike persönlich ins Bett gebracht hatte. Es beruhigte mich zu wissen, dass Jürgen in spätestens einer Stunde wieder bei ihr wäre. Ich nahm mir vor, sie am Abend anzurufen, um zu sehen, ob es ihr besser ginge.

Kaum hatte ich die Wohnungstür hinter mir zugemacht, klingelte das Telefon. „Hat man denn nie seine Ruhe", murmelte ich. Genervt nahm ich das Gespräch entgegen.

„Hallo Schatz", ertönte die Stimme von Markus.

„Bist du nicht mehr sauer?", getraute ich mich zu fragen.

„Was bringt es mir", antwortete er leise.

Ich seufzte. „Es tut mir leid. Ich wollte dich nicht verärgern. Aber…“

Markus ließ mich nicht ausreden. „Das weiß ich, aber es zeigt mir auch, dass du dir mit deiner Liebe zu mir nicht sicher bist.“

„Blödsinn… das ist doch…“

„Nein, das ist kein Blödsinn“, unterbrach er mich erneut. „Ich möchte dir einen Vorschlag machen.“

„Ja?“

„Lass uns eine Auszeit nehmen.“

Ich war baff. Damit hatte ich nicht gerechnet, aber der Gedanke gefiel mir.

„Hm ja, vielleicht wäre das gar nicht so schlecht.“

Seine Enttäuschung, dass ich darauf einging, war sogar durchs Telefon spürbar. Das Gespräch war dann recht schnell beendet. Ich ließ mich auf mein Sofa fallen und fühlte mich mies. Warum war ich denn so erleichtert? Wir sahen uns sowieso kaum, weil er ständig in der Klinik festsaß, wenn es dort einen Notfall gab. Schließlich liebte ich ihn. Oder etwa nicht? Ich glaubte doch wohl nicht dem dämlichen Spiegel, dass er nicht der Richtige für mich sei. Stöhnend bedeckte ich mein Gesicht mit den Händen. Ich hatte ihm weh getan. Das war das Letzte, was ich wollte.

Ich zuckte zusammen, weil das Telefon schon wieder klingelte. Ohne auf das Display zu schauen, nahm ich das Gespräch entgegen, da ich mir sicher war, dass Markus noch etwas sagen wollte. Aber ich hatte mich geirrt. Es war Felix.

„Hi Feli, wie geht es dir?"

„Geht so", erwiderte ich nicht gerade redefreudig. Mir war im Moment einfach alles zu viel.

„Soll ich vorbeikommen?" Man hörte die Sorge aus seinen Worten heraus.
Entsetzt lehnte ich ab. Das fehlte noch.

„Du Felix, hör mal, ich glaube im Moment ist nicht gerade meine beste Zeit. Ich brauch mal ne Pause."

„Eine Pause?", fragte er erstaunt nach. „Von mir?"

„Nein, natürlich nicht von dir. Eher so im Allgemeinen", erwiderte ich lahm.

„Okay, kein Problem. Das kann ich verstehen."

„Wirklich?"

„Na klar. Was hast du vor?"

„Vielleicht fahre ich ein paar Tage weg", versuchte ich, das Ganze abzuschwächen. Was natürlich Blödsinn war, weil ich gar keinen Urlaub hatte. Ich konnte mir in dem kleinen Buchladen, in dem ich arbeitete, schließlich nicht von heute auf morgen einfach freinehmen.

„Okay, dann erhole dich mal ein bisschen und melde dich, wenn es dir wieder danach ist", sagte er lässig, so wie das eben seine Art war.

Später saß ich in meinem Ohrensessel und ließ das Gedankenkarussell kreisen. Das liebte ich so an Felix. Er war total unkompliziert. Und wenn ich ihn brauchte, war er immer für mich da. Und das, obwohl er als Sozialarbeiter einen anstrengenden Beruf hatte. Er war wie ein Bruder für mich. Das wusste Markus eigentlich auch. Er war nicht wirklich eifersüchtig auf ihn, wurde mir klar. Er war gestern einfach verletzt gewesen, weil ich ihn zurückgewiesen hatte. In meinem Kopf wirbelte alles durcheinander. Was sollte ich tun? Vielleicht wollte ich ja gar nicht allein sein. Mit wem konnte ich sprechen? Es müsste ein neutraler Mensch sein. Meine Schwester? Janina und ich waren normalerweise nicht so eng miteinander. Wir mochten uns, aber unser Verhältnis war eher etwas oberflächlich. Das konnte daran liegen, dass sie nicht meine leibliche Schwester war, da ich adoptiert wurde. In meiner Kindheit hatte ich immer mit einer Person gesprochen, die es gar nicht gab. Natürlich nur heimlich, wenn ich alleine war. Wann hatte das überhaupt aufgehört? Erschrocken kam mir der Gedanke, dass ich eventuell als Ersatz dafür mit meinem Spiegel sprach. Das war selbstverständlich Quatsch, denn das tat ich ja nicht, schließlich sprach er mit mir, beruhigte ich mich. Aber Tatsache war, dass ich mir immer eine richtige Schwester gewünscht habe, nicht so eine wie Janina, die sich nicht in mich hineinversetzen konnte. Vielleicht war sie aber jetzt genau die Zuhörerin, die ich brauchte. Wir verstanden uns inzwischen recht gut. Da waren einfach nur unterschiedliche Interessen.

Nach diesen Überlegungen griff ich zum Telefon, rief sie an und hatte sogar Glück. Sie hatte schon heute Abend Zeit für mich. Wir verabredeten uns in einem Bistro in der Stadtmitte.

Als ich das Lokal betrat, erblickte ich meine Schwester in einer gemütlichen Nische. Klar, dass sie schon da war, denn Janina hasste Unpünktlichkeit. Ich stellte fest, dass es kurz nach 19:00 Uhr war, ich hatte also ein paar Minuten Verspätung. Dementsprechend traf mich ihr strafender Blick. Mein Schwesterherz war so was von akkurat. Ich setzte eine Unschuldsmiene auf, lächelte sie an und nahm ihr gegenüber Platz.

„Hallo Kleine", begrüßte ich sie wie immer, obwohl sie einen Kopf größer war als ich. Wir hatten zwar nicht viele Gemeinsamkeiten, aber liebten uns trotzdem. Sofort war ihr Ärger verflogen und sie strahlte mich an.

„Hi Große. Gut siehst du aus. Du klangst am Telefon allerdings so, als ob du etwas auf dem Herzen hättest", fuhr sie fort. „Sonst hättest du dich ja auch nicht bei mir gemeldet, denke ich", meinte sie nachdenklich.

„Jetzt sag bloß nicht, ich melde mich nur, wenn ich Probleme habe."

Da die Antwort ausblieb und aus dem Munde meiner Schwester nur ein „Hm" erklang, fing ich an, vom gestrigen Abend und Markus′ Antrag zu erzählen.

Das Erste, was sie dazu zu sagen hatte, war: „Aber das ist doch toll, einfach fantastisch."

Es war klar, dass Janina mich nicht verstand und es gut fand, dass ein Mann wie Markus ihre schusselige Schwester überhaupt heiraten wollte.

„Nun ja", erwiderte sie, nachdem sie sich eine Weile meine Ängste und Zweifel angehört hatte. „Du musst ja wissen, was du tust."

Schweigend starrte ich meine bildhübsche Schwester an.

Mit ihren langen, glänzenden dunkelbraunen Haaren und einem Gesicht, wie eine Puppe, hätte sie als Model gute Chancen gehabt. Aber dazu war sie nicht eitel genug. Ihr Wunsch war gewesen, wie ihr Vater Jura zu studieren. Dafür hätte sie allerdings in der Schule besser sein müssen. Mit Müh und Not war es ihr gelungen, das Abitur zu machen. Jetzt arbeitete Janina, nach erfolgreicher Berufsausbildung, in Papas Kanzlei als Anwaltsgehilfin.

„Nun, wie gesagt, du musst wissen, was du tust. Allerdings glaube ich nicht, dass du so einen Mann noch einmal finden wirst."

Fassungslos schaute ich sie an. „Das ist jetzt nicht dein Ernst? Oder?"

Ohne auf meine Frage einzugehen, meinte sie: „Oder ist es wegen deinem Freund Felix?"

„Was soll das denn jetzt? Fang du nicht noch auch mit diesem Blödsinn an."

Aber es kam noch schlimmer.

„Das wäre ja auch ein schlechter Tausch."

Das wiederum empörte mich noch mehr.

Die anfängliche Herzlichkeit war verschwunden.

Wir unterhielten uns eine Weile über dieses und jenes und vermieden das Thema „Männer".

„Huch, es ist ja schon bald neun. Ich muss morgen ausgeschlafen sein." Mit diesen Worten erhob sie sich, gab mir ein Küsschen auf die Wange und weg war sie.

Etwas irritiert saß ich eine Zeitlang regungslos da und bezahlte dann die Rechnung. Für meine Schwester war das wohl ein Beratungsgespräch gewesen und damit klar, dass ich bezahlen würde. Seufzend verließ ich das Café. Schlauer war ich nicht.

Kapitel 3

Müde, weil ich wieder kaum geschlafen hatte, betrat ich am Montagmorgen das Badezimmer. Da ich arbeiten musste, blieb mir nichts anderes übrig, als um 7:00 Uhr aufzustehen. Die Buchhandlung öffnete zwar erst um neun, aber ich brauchte die Zeit am Vormittag, schon allein, um in Ruhe frühstücken zu können und wach zu werden. Das Gespräch mit meiner Schwester hatte mich nicht weitergebracht, aber es war nett gewesen, sie mal wieder zu sehen.

Ich schaute in den Spiegel und erschrak, denn heute sprach er wieder mit mir. Angestrengt versuchte ich, zu verstehen, was er mir zu sagen hatte. Es hörte sich an wie: „Kathi soll zum Frauenarzt gehen und sich die Brust untersuchen lassen."

Erschrocken fuhr ich zurück, jetzt wurde ich wohl vollkommen verrückt. Vor lauter Entsetzen fiel mir die Zahnbürste ins Waschbecken. Ich rannte aus dem Bad und griff nach dem Telefonbuch. Die drei Psychiater, die mir ins Auge stachen, rief ich umgehend an und ergatterte beim dritten Versuch sogar einen Termin, allerdings erst in sechs Wochen. Nun ja, dachte ich mir, der erste Schritt ist getan.

Inzwischen hatte ich mich etwas beruhigt und ging in die Küche, um Kaffee aufzusetzen.

Als ich fix und fertig angezogen das Haus verließ, war meine innere Ruhe wieder da. Noch im Auto, bevor ich meinen Arbeitsplatz betrat, versuchte ich Kathi zu erreichen und hatte Glück. Sie nahm das Gespräch entgegen, obwohl sie gewöhnlich um diese Zeit bei der Arbeit war. Wahrscheinlich machte sie die erste Pause, weil ihre Schicht im Krankenhaus schon um 6:00 Uhr morgens begann. Sie war dort in der Pflege tätig.

„Hi Kathi, bist du in der Klinik?"

„Nein, ich habe heute frei", antwortete sie zögernd.

„Okay. Warum weiß ich davon nichts?"

„Nun ja, tut mir leid. Das war ganz spontan."

Ich war irritiert, sagte mir aber, dass es mich ja nichts angehe, wenn meine Freundin mal einen Tag Urlaub nahm. Daraufhin fiel ich gleich mit der Tür ins Haus:

„Ich möchte, dass du einen Termin beim Frauenarzt ausmachst."

„Bist du bekloppt? Was soll ich denn dort?"

„Deine Brust untersuchen lassen", antwortete ich kurz angebunden.

„Warum? Hast du zu viel im Internet gesurft oder Langeweile?"

„Nein, ich kann dir im Moment nicht mehr sagen, mach es einfach, mir zuliebe. Und wenn du dort warst, erzähle ich dir Genaueres. Okay? Ich muss jetzt auch ins Geschäft.“

„Mal sehen“, antwortete meine Freundin nicht sehr vielversprechend. „Aber zuerst schauen wir nach Rike. Da du mir erzählt hast, dass es ihr so schlecht geht, möchte ich mitgehen.“

„Gut, lass uns das heute Abend machen, wenn ich Feierabend habe.“

„Alles klar, du kannst mich dann abholen.“

„Mach ich, aber bitte kümmere dich gleich um einen Termin beim Frauenarzt.“

„Ja, ist ja gut. Ich weiß zwar nicht warum, aber ich rufe dort an.“

Als Rike uns abends die Tür öffnete, erschrak nicht nur ich, sondern auch Kathi war entsetzt über das Aussehen unserer gemeinsamen Freundin. Diese sah noch schlechter aus als am Tag zuvor. Rike schwankte vor uns ins Wohnzimmer und ich dachte betroffen, dass sie sich wie eine alte Frau bewegt. Kathi schien, ihrem Gesichtsausdruck nach zu urteilen, das gleiche zu denken.
Unsere Freundin teilte uns mit, dass ihr Lebensgefährte Jürgen ebenfalls zu Hause war.

„Hast du heute frei oder hat die Gärtnerei montags zu?“, fragte ich ihn erstaunt. Normalerweise arbeitete er bis 19:00 Uhr, weil er sich zurzeit eine längere Mittagspause genehmigte, um nach Rike zu schauen, was ich eigentlich rührend fand. Trotzdem konnte ich ihn nicht leiden. Mir war allerdings immer noch nicht klar, woher diese Abneigung kam.

„Bin ein paar Minuten früher gegangen", erwiderte Jürgen wortkarg. In seiner Gegenwart wollte kein richtiges Gespräch aufkommen. Rike beteiligte sich kaum daran. Nachdem wir am Esstisch sitzend ein bisschen Konversation betrieben hatten, sprang Kathi auf, schaute Rike an und meinte: „So, jetzt reichts! Wir gehen mit dir ins Krankenhaus. Und zwar sofort!"
Sie wollte schon zustimmen, als ihr Freund sich einmischte. „Auf keinen Fall, das bringt doch alles nix. Außerdem habe ich morgen frei und gehe mit ihr zu unserem Arzt." Überrascht sah Rike ihn an. Anscheinend wusste sie nicht, dass er nicht arbeiten musste. Gehorsam setzte sie sich wieder auf ihren Stuhl, was mir überhaupt nicht gefiel, denn ich hatte schon Hoffnung geschöpft, dass endlich etwas zu ihrer Besserung beitragen würde. Kathi schien ebenfalls nicht begeistert von Jürgens Vorschlag zu sein.

„Konntest du morgen denn einfach freimachen, so mitten unter der Woche?", fragte sie erstaunt.
Nach kurzem Zögern antwortete er: „Normalerweise nicht, aber ich habe meinem Chef gesagt, dass ich etwas Dringendes erledigen muss."

Es blieb uns nichts anderes übrig, wir mussten das akzeptieren. Vielleicht machte er sich doch mehr Sorgen, als es bisher den Anschein hatte. Er kümmerte sich tatsächlich aufopfernd um Rike. Aber sie gehörte meiner Meinung nach ins Krankenhaus. Davon wollte Jürgen allerdings nichts wissen. Da Rike gar nicht gesprächig war und ihr Lebensgefährte sich dann auch noch äußerte: „Ich glaube, das ist heute zu anstrengend für sie", erhoben wir uns zögernd und der Besuch war beendet.

Draußen angekommen, schauten wir uns verwirrt und traurig an. Was war nur mit unserer Freundin los?

„Weißt du, das geht jetzt schon viel zu lange so und es passiert einfach nichts. Die Ärzte müssen doch irgendwas sagen können. Die müssen doch ihr Blut untersucht haben. Hast du eine Ahnung, ob das gemacht wurde?"

Kathi sah mich mit ihren großen dunklen Augen besorgt an. „Doch, das wurde abgeklärt und es war anscheinend in Ordnung", antwortete ich nachdenklich.

„Am Anfang dachte ich noch, dass Rike einfach überarbeitet ist und der Arzt ihr das sagen wird. Aber das glaube ich nun nicht mehr. Es wird ja immer schlimmer mit ihr", fügte ich hinzu. „Als ich gestern bei ihr war, da hat sie sich sogar übergeben müssen. Sie ist ja schon einige Wochen krankgeschrieben und müsste sich längst erholt haben.“

„Meinst du, sie könnte schwanger sein?“

„Das glaube ich nicht. Das hätte sie mir gesagt. Außerdem weiß ich, dass sie sich noch nicht so eng binden möchte. Aber, wie auch immer, wir müssen dranbleiben. Ich werde jetzt alle paar Tage zu ihr gehen.“

„Vielleicht könnten wir das im Wechsel machen“, schlug Kathi vor.

„Gerne, dann gehe ich am Mittwoch wieder hin, denn da hab ich ja frei.“

„Okay, und ich am Freitag.“

„Alles klar. Gehen wir noch was trinken?“

Nach kurzem Zögern meinte Kathi: „Tut mir leid. Ich bin heute total fertig und gehe gleich nach Hause.“

Zum zweiten Mal an diesem Tag wunderte ich mich über meine Freundin. Wir hatten normalerweise keine Geheimnisse voreinander.

„Gibt es einen Mann in deinem Leben?“, fragte ich deshalb.

Nach dieser Frage nahm ihr hübsches Gesicht einen verschlossenen Ausdruck an. Außerdem antwortete sie etwas zu schnell. „Nein, wie kommst du denn darauf?“

Ich seufzte und drängte sie nicht weiter. Dann ermahnte ich sie noch einmal: „Bitte, bitte geh zum Frauenarzt. Mein Gefühl sagt mir, dass du deine Brust untersuchen lassen solltest.“

„Dein Gefühl?“

„Nein, aber mein... ich kann dir das jetzt nicht erklären. Geh erst mal zum Arzt und anschließend verrate ich dir etwas Seltsames.“

Zweifelnd sah sie mich an, nickte dann aber.

„Ich mache morgen einen Termin aus. Ich sollte sowieso mal wieder hingehen. Damit du beruhigt bist“, fügte sie lächelnd hinzu.

Daheim angekommen ließ ich mich ratlos aufs Sofa fallen. Was war nur mit Rike los? Und was war mit mir los? Sollte ich mir nicht erst einmal darüber Gedanken machen, bevor ich anderen helfen wollte? Aber sie war meine Freundin. Ich werde da nicht mehr locker lassen, nahm ich mir fest vor.

„Und nun zu mir“, murmelte ich und erhob mich entschlossen, um an den Badezimmerspiegel zu treten. Zum Glück lebte ich alleine, sonst würde man mich gleich in eine Irrenanstalt stecken. Ich schaute mein Spiegelbild an und sagte: „Spieglein, Spieglein, hast du mir was zu sagen?“ Totenstille. Nun ja, ich war eben doch verrückt.

Resigniert schlurfte ich in die Küche und überlegte, was es zum Abendessen geben könnte. Allerdings hatte ich keine Energie und schon gar keine Lust zum Kochen. Deshalb begab ich mich wieder ins Wohnzimmer, nahm an dem kleinen Esstisch Platz, den ich nur selten nutzte, weil es mir in der Küche besser gefiel, und bedeckte das Gesicht mit beiden Händen. Fieberhaft grübelte ich, wen ich noch um Rat fragen könnte. Natürlich, dass ich nicht schon früher darauf gekommen war. Die einzige Person, die mir immer mit Rat und Tat zur Seite stand, war meine Großmutter. Ich liebte sie über alles. Sie war innerlich jung geblieben und hatte eine moderne Einstellung.

Gleich am Mittwoch würde ich zuerst zu ihr und danach zu Rike fahren. Nun ging es mir etwas besser und ich entschloss mich, zum Bahnhof zu laufen. Das würde nur zehn Minuten dauern und ich konnte mir dort ein leckeres belegtes Baguette kaufen. Dann wäre zumindest, was das Essen anginge, der Abend gerettet. Anschließend war ich mit einem Buch in der Hand auf meiner Couch gut aufgehoben.

Kapitel 4

Als ich nach der Arbeit zuhause ankam, saß Kathi auf der obersten Treppenstufe vor der Wohnungstür.
Ich sah, dass sie geweint hatte.

„Um Himmels willen. Was ist passiert?" Erschrocken beschleunigte ich das Tempo, um schneller bei ihr zu sein. Meine beste Freundin warf sich schweigend in meine Arme und ich streichelte ihr beruhigend über den Rücken. Regungslos standen wir eine Zeitlang so da, bis ich mich vorsichtig aus ihrer Umarmung löste.

„Jetzt komm erst mal rein und erzähle mir, was dich so aus der Fassung gebracht hat. Möchtest du einen Tee?" Kathi schüttelte den Kopf und wir ließen uns auf dem Sofa nieder. Sie konnte nicht mehr an sich halten und es sprudelte nur so aus ihr heraus.

„Ich habe dir ja versprochen, beim Frauenarzt anzurufen. Ich wollte es hinter mich bringen und dachte, bis ich einen Termin bekommen würde, könnten Wochen rumgehen. Dummerweise, das heißt natürlich nicht dummerweise, sondern im Nachhinein vielleicht sogar glücklicherweise..." Sie seufzte tief und fuhr fort:

„Also, eine Patientin hat abgesagt und ich konnte sofort kommen. Das war zwar überraschend, aber ich dachte mir, lieber jetzt, als es noch weiter raus zu schieben."

Ich ahnte Böses.

„Auf jeden Fall ertastete er einen Knoten in meiner rechten Brust", fuhr sie fort.

„Aber das muss doch nichts heißen. Oder?", unterbrach ich sie.

„Muss es nicht, aber Dr. Eber hatte einen sehr ernsten Gesichtsausdruck und er meinte, dass es sich um einen bösartigen Tumor handeln könnte, wir aber erst die Biopsie abwarten müssen. Gleich am Freitag bekomme ich diese gemacht. Ich kann dann also nicht, wie abgemacht, zu Rike gehen."

„Mach dir mal darüber keine Gedanken. Dann gehe ich halt noch einmal hin. Ich habe diese Woche nicht viel vor. Mit Markus habe ich vereinbart, dass wir uns zunächst nicht sehen werden."

Den seltsamen Blick, den Kathi mir zuwarf, konnte ich nicht deuten, schob ihn aber auf ihre Verzweiflung über die Diagnose. Später sollte ich mich allerdings daran erinnern.

„Ich kann ja nächste Woche dafür zweimal zu ihr gehen."

„Vergiss das doch mal. Du musst jetzt an dich denken!

Ich bin immer für dich da, das weißt du ja."

„Klar, und dafür bin ich dir auch sehr dankbar."
Wieder fing Kathi an zu weinen und ich nahm sie
erneut in die Arme. So langsam wurde mir meine
Wahrsagerei, wenn es überhaupt eine war, immer
unheimlicher. Eigentlich war es komplizierter, denn der
Spiegel sagte mir ja die Geschehnisse voraus. Ich verscheuchte diese Gedanken und seufzte.

„Ich kann dich gerne zu deiner Untersuchung begleiten, wenn du magst. Mein Chef gibt mir bestimmt frei."
So sicher war ich mir dessen allerdings nicht.

„Das würdest du wirklich tun? Ich wäre sehr froh
darüber."

„Dann machen wir das so."
Schließlich war Richard, mein Chef, kein Unmensch,
beruhigte ich mich. Er würde mir schon einen Urlaubs-
tag geben.

„So, ich habe meinen Teil der Abmachung erfüllt,
jetzt bist du dran." Geschickt wechselte meine Freundin
das Thema und sah dabei etwas fröhlicher aus.

„Woher wusstest du das mit dem Knoten? Bist du
unter die Wahrsager gegangen?"
Sie versuchte zu scherzen. Unbehaglich rutschte ich auf
der Couch hin und her und begann von meinen mor-
gendlichen Erlebnissen vor dem Spiegel zu erzählen.
Fassungslos schaute Kathi mich an und erwiderte

zunächst einmal nichts. Sie war sprachlos.

„Und nun glaubst du, dass ich verrückt bin oder was?"

Zögernd antwortete sie: „Das würde ich vielleicht, wenn ich jetzt keinen Knoten in der Brust hätte, aber so kann ich das natürlich nicht behaupten. Vielleicht hast du mir sogar das Leben mit deiner Drängelei gerettet." Bei dieser Aussage breitete sich eine Gänsehaut auf mir aus.

„Egal wie, ich bin dir sehr dankbar. Hast du denn noch mehr vorausgesehen?"

„Nein", log ich, weil es mir unangenehm war, darüber zu sprechen.

„Nun, vielleicht war es dann auch Zufall. Wahrscheinlich warst du an dem Morgen noch sehr müde und hast dir das nur eingebildet. Und zufälligerweise ist es dann auch so eingetroffen. Man könnte es auch Schicksal nennen."

„So wird es gewesen sein." Ich war erleichtert, nickte bestätigend, froh darüber, so einfach aus der mir doch sehr peinlichen Situation herausgekommen zu sein. Immerhin war Kathi nun etwas abgelenkt.

Wir bestellten Pizza beim Lieferservice und es wurde zwar nicht lustig, aber wir verbrachten einen gemütlichen Abend.

Kapitel 5

Als der Wecker klingelte, war mir heute gar nicht nach Aufstehen zumute. Am liebsten hätte ich mir die Decke über den Kopf gezogen und alle Probleme verdrängt, die mir gleich beim Öffnen der Augen eingefallen waren. Aber pflichtbewusst wie ich nun einmal war, quälte ich mich aus dem Bett und schwankte ins Badezimmer.

Zum Glück war heute Mittwoch und ich hatte nur einen halben Arbeitstag vor mir. Normalerweise war es für mich ein Vergnügen, in dem kleinen Buchladen in der Nordstadt zu arbeiten, aber im Moment hatte ich Kopfschmerzen und würde mich gerne in einer Ecke verkriechen. Dann fiel mir ein, dass ich heute viel vor hatte, denn schließlich wollte ich meine Oma besuchen und nach Rike schauen.

Seufzend schaute ich den Spiegel an und wartete ungeduldig, dass er mit mir sprechen würde. Das wurde ja immer schlimmer. Kopfschüttelnd stieg ich in meine Minidusche, in der man sich kaum drehen konnte.

Mir gefiel mein Bad, in dem die Wände bis zur Decke in hellem Gelb und der Boden weiß gefliest waren. Allerdings war die Dusche winzig.

Nachdem ich mich zum Schluss kalt abgeduscht hatte, sah die Welt gleich wieder anders aus. Selbst mein Kopf war etwas klarer. Aber als ich vor dem dampfenden Kaffee und den obligatorischen zwei Marmeladenbroten saß, verfiel ich erneut ins Grübeln.

Was war nur mit Rike los? War sie ernsthaft krank? Meine sonst so lebenslustige Freundin stand bis jetzt mit beiden Beinen im Leben und ich konnte nicht glauben, dass alles nur psychisch bedingt war. Außerdem wurde sie immer dünner und blasser. Hoffentlich würde sie nicht sterben. Bei dieser Vorstellung schnürte es mir den Hals zu. Schnell verscheuchte ich diese schrecklichen Gedanken. Aber nun musste ich an die arme Kathi denken. Ich konnte nur hoffen, dass der Knoten in ihrer Brust gutartig war. Bevor sich nun Markus in meinen Kopf schlich und ich mich auch noch mit dieser verfahrenen Situation beschäftigen würde, erhob ich mich abrupt. Mir war eingefallen, dass ich Richard für Freitag um Urlaub bitten musste.

Ich war mit dem Einsortieren der neuen Bücher beschäftigt, da ertönte die Ladenglocke.
Ich drehte mich um, wollte gerade den Standardsatz.

„Kann ich Ihnen behilflich sein“ loswerden, als ich erstarrte. Vor mir stand lächelnd mein Freund Markus. Hilfesuchend schaute ich mich nach dem Chef um, aber der war ins Hinterzimmer verschwunden. Innerlich schalt ich mich eine dumme Kuh, schließlich brauchte ich keine Verstärkung, um mit meinem Freund zu reden. Immerhin waren wir offiziell noch zusammen. Verwirrt von dem Gefühlschaos, das sein Besuch bei mir auslöste, fragte ich ihn steif: „Was machst du denn hier?"

„Hallo, ich möchte meine Freundin besuchen oder ist das verboten?", versuchte er es auf die spaßige Art, aber sein Lächeln war nicht mehr ganz so herzlich.

Ich musste schlucken und bemühte mich, fröhlich auszusehen. „Nun, ja, natürlich, aber ich dachte, wir machen eine Pause."

„Eine Pause, wie das klingt." Seltsam sah er mich an, so dass es mir ganz flau im Magen wurde.

„Das hast doch du vorgeschlagen", erinnerte ich ihn zaghaft.

„Ja, aber du bist sehr schnell darauf eingegangen, das gibt mir zu denken."
Ungeduldig sah ich ihn an und meinte: „Lass uns das doch heute Abend klären, ach ne, das geht ja gar nicht, da bin ich bei Rike. Aber vielleicht morgen, wenn..."

„Lass gut sein Felicitas. Ich denke, es ist besser, wenn du dir erst einmal Gedanken machst, was du eigentlich willst und mir das dann mitteilst. Aber ich warte nicht ewig." Mit diesen Worten verließ er den Buchladen und ließ mich ratlos zurück.

Ich hatte überhaupt nicht bemerkt, dass mein Chef den Verkaufsraum wieder betreten hatte, und fuhr erschrocken herum, als er mich ansprach.

„Was ist los mit dir? Hast du ein Gespenst gesehen?"

„Nein, Blödsinn, es ist nichts."

„War da nicht gerade Kundschaft?"

„Nein, da war niemand", erwiderte ich wortkarg und wollte mich abwenden, da fiel mir ein, dass ich ihn ja etwas fragen musste. „Du, Richard, könnte ich am Freitag, also, der Vormittag würde mir auch reichen, frei haben?"

„Das ist nicht gerade passend, denn ich habe einiges im Büro zu erledigen. Ist es denn sehr wichtig?"

„Ja, meine beste Freundin muss zu einer Untersuchung ins Krankenhaus und da sie sehr aufgeregt ist, möchte ich sie begleiten."

„Okay, das verstehe ich, aber bitte sei dann am Nachmittag da."

„Abgemacht, das krieg ich hin." Erleichtert wandte ich mich wieder meiner Arbeit zu, da sich im Moment keine Kundschaft im Laden befand. Wie gut, dass ich so einen verständnisvollen Chef hatte. Wir verstanden uns prächtig und ich würde freiwillig nie irgendwo anders arbeiten wollen.

Drei Stunden später kam ich ausgehungert bei meiner Großmutter Ingeborg an. Ich war länger im Geschäft geblieben und hatte neu gelieferte Bücher in die Regale geräumt. Wenn ich nach Hause gegangen wäre, um etwas zu kochen, dann hätte mein Tagesplan nicht mehr funktioniert. Aber ich war mir sicher, dass Oma einen leckeren Kuchen gebacken hat, und so war es auch. Genussvoll schaute ich auf den noch warmen Apfelkuchen und die dampfende Tasse Kaffee, die sie vor mir auf den alten Holztisch gestellt hatte.

„Ach Omi, warum muss das Leben nur so kompliziert sein?", fragte ich resigniert.

„Weil es sonst langweilig wäre", antwortete sie lächelnd. Das war meine Oma, immer direkt, mit ihrem trockenen Humor.

„Nun lass es dir erst einmal schmecken, dann sieht die Welt gleich wieder anders aus." Sie ließ sich mir gegenüber auf dem Stuhl nieder. Dabei bemerkte ich einen Moment lang ihr schmerzverzerrtes Gesicht und mir war klar, dass die Hüfte ihr zu schaffen machte. Aber das würde sie nie zugeben. Ich tat so, als ob es mir nicht aufgefallen wäre und fasste den Entschluss, gelegentlich bei ihr vorbeizuschauen, um sie ein bisschen im Haushalt zu unterstützen.

Ich aß voller Appetit meinen Kuchen und sah erst nach dem letzten Bissen, dass sie mich nachdenklich anschaute.

„Nun erzähle mal, was denn so alles los ist in deinem Leben. Du siehst nicht gerade glücklich aus.“

„Ach, vielleicht weiß ich auch einfach nicht, was ich will.“ Ich erzählte ihr von meiner Beziehungskrise.

„Und alle wollen mir weißmachen, dass sowieso nur Felix der einzig Richtige für mich sei“, fügte ich empört hinzu.

„So, so.“

„Was heißt das?“

„Nichts.“

Meine Großmutter lächelte wissend vor sich hin. Ich tat so, als bemerke ich es nicht und sah es ihr nach, dass sie ebenfalls der Meinung war, dass Felix und ich zusammengehörten. Schließlich war sie alt und hatte nicht mehr den richtigen Durchblick, zumindest in dieser Angelegenheit, beruhigte ich mich.

Obwohl, sonst wusste sie trotz ihrer achtzig Jahre immer alles, schlichen sich leichte Zweifel bei mir ein. Aber in diesem Fall lag sie falsch. Ganz sicher!

„Was ist los?“

„Was soll los sein?“

„Du hast mit dem Kopf genickt.“

„Ach so, nein, es ist nichts. Mir ist nur gerade etwas eingefallen.“

„Okay, aber irgendetwas bedrückt dich doch noch.

Stimmt's?"

Ich seufzte. Man konnte ihr nichts vormachen. Von den Spiegelerlebnissen berichtete ich ihr lieber nicht, denn ich befürchtete, dass sie dann an meinem Verstand zweifeln würde. Ich tat das inzwischen ja selbst. Deshalb wechselte ich das Thema und wir sprachen über Politik und das Leben im Allgemeinen, bis ich mich erhob. „Meine allerliebste Omi, sei mir nicht böse, aber ich habe versprochen, noch nach Rike zu schauen. Es geht ihr im Moment nicht so gut."

„Na klar, kein Problem. Ich weiß ja, dass du mich nicht vergisst und spätestens nächste Woche wieder bei mir vorbeischaust. Was fehlt ihr denn?"

„Wem?"

„Na Rike."

„Ach so, ja, entschuldige, ich war schon wieder ganz woanders."

„Mein Schatz, du kommst mir heute etwas zerstreut vor."

„Das könnte daran liegen, dass ich zurzeit ziemlich schlecht schlafe", antwortete ich zerknirscht.

„Nächstes Mal werde ich wieder eine bessere Gesellschaft für dich sein."

„Aber nein, so war das nicht gemeint. Ich freue mich immer riesig, wenn du bei mir bist, egal ob es dir gut oder schlecht geht. Du kannst immer kommen und dich bei mir ausheulen. Dazu sind Großmütter doch da“, fügte Ingeborg hinzu. Nachdenklich sah sie mich an.

„Darf ich dir noch einen Rat mit auf den Weg geben?“

„Natürlich, liebe Oma.“

„Folge deinem Herzen und lass dich nicht von Markus unter Druck setzen.“

„Danke, du hast es mal wieder geschafft, dass ich die ganze Sache mit etwas Abstand sehen kann. Und ja, was Rike fehlt, möchte ich auch gerne wissen. Ihr ist immer übel und sie sieht auch nicht wirklich gesund aus.“

„Oh je, das hört sich nicht gut an. Dann geh jetzt zu ihr und sei für sie da.“

Ich nahm Oma Ingeborg fest in den Arm, drückte ihr rechts und links ein Küsschen auf die Wange und machte mich auf den Weg zu Rike. Ich war unruhig und hatte das Gefühl, schnell nach meiner Freundin sehen zu müssen.

Ich klingelte bei Rike und wartete, bis sie mir endlich die Tür öffnete. Ich wollte schon resignieren und wieder gehen, als schleppende Schritte zu hören waren. Nachdem meine Freundin mich hereingelassen hatte, schaute ich sie entsetzt an. Sie sah schlechter aus als am Montag. Sie schlurfte wortlos zurück zum Sofa, ich folgte, setzte mich dazu und ergriff ihre Hand.

Ohne Vorwarnung brach sie in Tränen aus. Ich strich ihr über die Wange und redete beruhigend auf sie ein. Wut breitete sich in mir aus. Wo war ihr Lebensgefährte? Warum lag Rike hier und nicht im Krankenhaus?

„Wo ist Jürgen?", fragte ich sie besorgt.

„Bei der Arbeit", antwortete sie leise schluchzend.

„Wieso ist er nicht mit dir zum Arzt gegangen, oder warst du dort?"

„Nein, er meinte, wir können ja noch ein paar Tage abwarten."

Ich riss mich zusammen, denn am liebsten wäre ich schreiend aufgesprungen.

„Ist dir übel?"

„Ja, ich habe mich gerade noch mal übergeben müssen." Erneut schluchzte sie auf.

„Dann bringe ich dich jetzt ins Krankenhaus."

„Nein, ich warte auf Jürgen, der soll das machen."
Zweifelnd sah ich Rike an. Schließlich konnte man meine Freundin nicht zwingen, in die Klinik zu gehen.

Allerdings war mir jetzt schon klar, dass ihr Freund nicht mit ihr fahren würde. Flehend schaute sie mich an und sagte: „Weißt du, Jürgen kümmert sich rührend um mich. Da kann ich ihn doch nicht so vor den Kopf stoßen. Und das, obwohl ich ihn verlassen wollte...“

„Du wolltest was? Davon weiß ich ja gar nichts.“

„Darüber habe ich auch noch mit niemandem gesprochen. Ich war mir ja selbst nicht sicher. Aber in letzter Zeit war ich immer unzufriedener und mir wurde klar, dass wir einfach nicht zusammenpassen.“
Verblüfft schaute ich sie an. „Hast du ihm das denn gesagt?“

„Nun, ja, nicht so richtig, aber ich denke, das hat er geahnt. Jetzt kommt das natürlich nicht mehr in Frage, so wie er sich um mich kümmert.“

„Das ist jetzt nicht dein Ernst, du kannst doch nicht nur aus Dankbarkeit bei ihm bleiben“, rief ich empört aus. Ich bemerkte, dass es Rike zusehends schlechter ging, und entschloss mich, sie in Ruhe zu lassen. Dann kam Jürgen von der Arbeit. Da ich einsah, dass ich heute keine Chance hatte, Rike zu überreden, ins Krankenhaus zu gehen, erhob ich mich und verließ die Wohnung, nachdem ich meine Freundin noch einmal fest gedrückt hatte. In Richtung ihres Freundes hatte ich nur kühl genickt.

Ich hatte es mir auf dem Sofa mit einem Buch gemütlich gemacht, als es klingelte. Wie konnte es anders
sein. Ich hatte den Eindruck, dass alle immer solange
warteten, bis ich mich hingesetzt hatte, und keine
Minute vorher auf den Klingelknopf drückten oder ihr
Telefon in die Hand nahmen. Zuvor stand mein Entschluss nicht fest, ob ich lesen oder früh schlafen gehen
sollte. Das hatte sich nun ja erst einmal erledigt.
Gespannt öffnete ich die Tür, ohne über die Sprechanlage nachgefragt zu haben, wer da um 20:00 Uhr
noch unangekündigt kam. Freudig registrierte ich, dass
es Felix war. Ihn durfte ich auch in meiner Schlabber-
jogginghose empfangen. Markus hätte gleich die Nase
gerümpft. Nachdem ich mich von seiner Umarmung
befreit hatte, sagte ich in gespielt strafendem Tonfall:

„Was machst du denn hier? Ich hatte doch gesagt,
dass ich eine Auszeit brauche."

„Nun, ich hab das nicht so ernst genommen. Bin
gerade zufällig vorbeigefahren und habe dein Auto
stehen gesehen. Soll ich wieder gehen?", fragte er
belustigt.

„Nein, Blödsinn. Außerdem gilt das eigentlich gar
nicht für dich", antwortete ich verlegen.

„Ach, nein, für wen dann?"
Ich winkte nur ab und ließ mich wieder aufs Sofa
fallen. Mein Jugendfreund setzte sich daneben.

„Also, schieß los?"

„Mit was bitte?"

„Mit dem, was dir auf der Seele brennt?"

„Was soll mir auf der Seele brennen?"

„Na, ich weiß es nicht", antwortete Felix gespielt genervt. „Hängt es vielleicht mit deiner geplanten Hochzeit zusammen?"

„Spinnst du? Nichts ist geplant. Das geht mir viel zu

schnell."

Ich meinte, Erleichterung in seinem Gesichtsausdruck zu erkennen, aber das bildete ich mir wahrscheinlich ein.

„Wie auch immer, ich mag jetzt nicht darüber reden. Ich habe auch noch andere Sorgen, ob du es glaubst oder nicht."

„Eben, deswegen habe ich dich ja gefragt, was dich bedrückt."

Ich seufzte. „Es ist wegen Rike..."

„Was ist mit ihr?"

„Es geht ihr immer schlechter und ich weiß nicht, was ihr fehlt."

„Und was sagen die Ärzte?"

„Das ist es ja gerade, die finden anscheinend nichts. Jürgen kümmert sich sehr um sie, das muss ich sagen, obwohl ich ihn nicht ausstehen kann.

Aber er unternimmt nicht wirklich was. Letztens ist mir irgendetwas in den Kopf geschossen, es war nur so ein Gedanke, der dann aber sogleich wieder weg war. Ich komm auch nicht mehr drauf. Das macht mich jetzt ganz verrückt. Aber das bin ich ja sowieso."

„Was? Verrückt?" Erstaunt sah Felix mich an.

„Ja, aber das ist ein anderes Thema", lenkte ich ab. Zweifelnd schüttelte er den Kopf. „Du bist doch nicht verrückt!"

„Hm.“

„Sag mal, arbeitet Rikes Freund noch in der Gärtnerei?“

„Ja, wieso fragst du?“

„Nur so, aus Interesse. Außerdem hat meine Oma mich gebeten, Dünger für ihre Pflanzen zu kaufen.“

„Was, verwendet sie auch so ein Gift?“

„Das ist doch kein Gift. Das unterstützt doch das Blühen der Blumen. Ich glaube, sie möchte das für ihre Orchideen.“

Nachdenklich schaute ich ihn an.

„Was ist los? Hat es dir die Sprache verschlagen?“, fragte er erstaunt.

„Nein, aber in meinem Kopf wirbeln die Gedanken durcheinander. Ich habe das Gefühl, kurz vor einer Lösung zu stehen, aber ich komme nicht drauf.“

Seufzend lehnte ich mich an ihn. Wie gut, dass er da war. Mit ihm könnte ich mir eine Wohngemeinschaft vorstellen. Wenn das mit Markus auseinanderginge, würde ich ihn fragen, was er davon hielt. Ich musste vor mich hingelächelt haben, denn Felix fragte: „Was geht dir gerade Lustiges durch den Kopf?“

„Das erzähle ich dir ein anderes Mal“, erwiderte ich.

„Und was liegt dir noch auf dem Herzen? Das ist doch noch nicht alles. Oder?“

„Nein, Markus hat mir zu verstehen gegeben, dass er

nicht ewig auf meine Entscheidung warten wird."

„Und? Warum zögerst du? Liebst du ihn nicht?"

„Ich weiß es im Moment nicht so genau. Eigentlich schon, aber..."

„Wenn man jemanden liebt, dürfte es kein Aber geben."

„Ich weiß, aber im Moment steht mein Leben auf dem Kopf, es passiert einfach so viel. Zum Beispiel Kathi. Sie hat jetzt einen Knoten in der Brust und bekommt am Freitag eine Biopsie gemacht. Das könnte auch Krebs sein. Da hat sie natürlich Angst. Ich werde sie zu der Untersuchung begleiten."

„Oh, das tut mir leid! Aber ich bin mir sicher, dass du für sie da sein wirst."

„Das versuche ich natürlich, aber wenn sich herausstellen sollte, dass der Tumor bösartig ist, dann kommt da einiges auf sie zu."

„Jetzt warte halt erst einmal ab. Aber ich glaube, dass da noch etwas ist. Stimmt´s?"

„Es könnte wirklich sein, dass ich verrückt bin", rutschte es mir spontan heraus.

„Das ist ja nichts Neues. Das hast du vorhin schon erwähnt." Felix grinste.

Ich boxte ihn in die Seite und gab mich gespielt beleidigt. Als er aber dann doch wissen wollte, wie ich darauf käme, brachte ich es nicht einmal fertig, mit meinem besten Freund über die Spiegelerlebnisse zu sprechen. Er gab sich damit zufrieden, weil er dachte, dass ich das mit dem Verrücktsein nur so dahingesagt hatte. Wir verbrachten einen gemütlichen Abend und schauten zusammen einen Film an.

Es wurde mal wieder fast Mitternacht, bis ich ins Bett kam.

Wie immer, klingelte der Wecker viel zu früh. Da ich heute Nacht lange gegrübelt hatte, war ich erst gegen Morgen eingeschlafen. Ungläubig schaute ich auf das Zifferblatt. Tatsächlich zeigte es 7:00 Uhr an. Schwerfällig quälte ich mich aus meinem kuscheligen Bett und begab mich ins Bad. Erwartungsvoll starrte ich dort in den Spiegel. Vielleicht konnte der mir sagen, was die ganze Zeit in meinem Kopf herumschwirrte, ohne dass ich es deuten konnte. Inzwischen erschien es mir schon fast normal, den Spiegel um Rat zu fragen. Aber heute Morgen schaffte er es mal wieder, mich vollkommen aus der Fassung zu bringen, denn statt der gewünschten Antwort, sagte er: „Janina ist in Gefahr. Auf der Autobahn wird ein schwerer Unfall passieren."
Entsetzt schaute mir mein Gesicht entgegen.

„Hast du das wirklich gesagt?", fragte ich entgeistert. Jetzt war ich wohl doch irre. Meine Schwester, schoss es mir durch den Kopf, wollte heute geschäftlich nach Stuttgart fahren. Das hatte sie mir zumindest gestern erzählt, als wir kurz telefoniert hatten. Ich musste Janina sofort anrufen. Ich rannte ins Wohnzimmer, als wäre der Teufel hinter mir her und fand das Telefon auf dem Tisch. Mist, der Akku war leer. Der Schweiß brach mir aus den Poren, weil ich erst fünf Minuten später mein Handy aus der Handtasche fischte. Ich hatte es gestern nicht wie gewohnt gleich auf das Schränkchen im Flur gelegt, als ich nach Hause gekommen war, und hatte es jetzt überall gesucht. Zu allem Überfluss nahm Janina das Gespräch nicht an. Was sollte ich nur tun? Die Tränen konnte ich nun nicht zurückhalten. Wenn ihr etwas passieren würde, könnte ich mir das nie verzeihen. Zwar sagte mein Verstand, dass ich daran keine Schuld hätte, aber klar denken war mir nicht mehr möglich. Plötzlich klingelte das Smartphone. Auf dem Display las ich Janina. Mir fiel ein Stein vom Herzen. Vor lauter Aufregung flog das Gerät aus meiner Hand. Zitternd hob ich es vom Boden auf und hatte Glück, das Gespräch war nicht abgebrochen.

„Was ist denn los? Du hast angerufen?", schallte er mir genervt entgegen.

„Wo bist du gerade", fragte ich atemlos.

„Auf einem Parkplatz. Ich bin gerade auf die Autobahn gefahren und konnte deswegen nicht ans Handy gehen. Nun bin ich extra rausgefahren. Ich hoffe bloß für dich, dass du einen wichtigen Grund hast, mich aufzuhalten. Ich muss zu einem Klienten und komme nun wahrscheinlich zu spät, wenn nicht gerade alles frei ist", äußerte sich meine immer pünktliche Schwester verärgert.

Ich war mir sicher, dass sie genug Zeitpuffer eingebaut hatte, ging aber gar nicht darauf ein. Stattdessen sagte ich hysterisch: „Du darfst auf keinen Fall weiterfahren."

„Und warum nicht?"

„Weil es einen schrecklichen Unfall geben wird."

„Wo? Hier auf der A8? Und woher willst du das wissen?", fragte sie ärgerlich.

„Ich weiß es", erwiderte ich verzweifelt. „Glaube es mir einfach."

„Weißt du was? Du spinnst doch total. Und jetzt lass mich in Ruhe, ich fahre weiter." Und schon hatte sie aufgelegt.

Vielleicht habe ich mich geirrt, sprach ich mir innerlich Mut zu. Ein Spiegel konnte ja gar nicht sprechen.

Ja, bestimmt war ich nicht richtig wach gewesen. Außerdem konnte ich im Moment nichts tun. Ein Blick auf die Uhr zeigte mir, dass ich mich beeilen musste, vor allem, wenn ich noch frühstücken wollte. Ohne Essen war ich kein Mensch, egal, wie viele Sorgen da waren.

Abgehetzt kam ich im Buchladen an.

Mein Chef schaute mich fragend an. „Was ist los? Hast du verschlafen? Geht es dir nicht gut?"

„Doch, doch, alles gut. Habe nur noch mit meiner Schwester telefoniert. Das hat mich etwas aufgehalten."

„Na gut, dann lass ich dich mal allein. Ich gehe ins Büro, hab dort noch einiges zu tun. Und im Moment rennen uns die Kunden nicht gerade die Bude ein, da nutze ich die Zeit."

„Alles klar." Kurz nachdem Richard den Verkaufsraum verlassen hat, betrat eine Frau mittleren Alters den Laden. Ich ging auf sie zu. „Kann ich Ihnen behilflich sein? Suchen Sie etwas Bestimmtes oder möchten Sie sich einfach ein bisschen umschauen?"

„Ja, gerne, ich suche Lektüre über Hellseherei oder übersinnliche Kräfte." Ich musste blass geworden sein, denn die Kundin fragte mich: „Ist Ihnen nicht gut?"

„Doch, alles in Ordnung", antwortete ich heute schon zum zweiten Mal. Wieso wollte gerade jetzt jemand so ein Buch kaufen? Das hatte es in den fünf Jahren, in denen ich hier arbeitete, noch nicht gegeben.
Ich schluckte. „Vorrätig haben wir nichts in der Richtung da, aber ich kann Ihnen gerne etwas dazu bestellen."

„Das wäre nett."
Ich forderte die Frau auf mitzukommen und stellte mich an die Verkaufstheke hinter den Bildschirm des Computers. Konzentriert fand ich vier Exemplare mit guten Bewertungen zu diesem Thema. Die Kundin riss mich aus meinen Gedanken. „Ich würde ‚Hilfe, ich kann hellsehen' nehmen." Sie stand nun neben mir und deutete auf das entsprechende Buch. „Gerne, es dauert ungefähr drei Tage, bis es hier ist", erwiderte ich.

„Danke, ich hole es am Montag ab. Schönen Tag noch“. Die Frau öffnete die Tür und verließ den Buchladen.

Ich zögerte kurz, bestellte dann aber zwei Exemplare und erschrak, weil mein Chef plötzlich hinter mir war.

„Du siehst schon wieder aus, als hättest du ein Gespenst gesehen“, stellte er fest. Er entdeckte die Bestellung und grinste. „Wer will so etwas lesen? Und gleich zwei Mal.“

Ich antwortete ihm nicht und ging schweigend in den hinteren Teil des Raumes, um in einem Regal die Bücher neu zu sortieren.

Zuhause angekommen, sah ich schon von Weitem den Anrufbeantworter blinken.

Besorgt, weil mich die Gedanken an meine Schwester den ganzen Tag beschäftigt hatten, drückte ich auf die entsprechende Taste, um die entgangene Nachricht anzuhören. Ein Stein fiel mir vom Herzen, als ich Janinas Stimme hörte: „Rufe mich bitte sofort an, wenn du daheim bist, ich komme dann gleich."

Was war das jetzt? Mein Schwesterherz sagte immer nur das Nötigste, aber ein bisschen mehr hätte sie mir schon verraten können. So hysterisch, wie sich ihre Stimme angehört hatte, kannte ich sie überhaupt nicht. Zum Glück war sie nicht verletzt oder Schlimmeres. Ich folgte ihrer Aufforderung und rief sie zurück. Nach dem ersten Klingeln nahm sie das Gespräch entgegen und bevor ich mich melden konnte, hörte ich ihre schrille Stimme: „Du bist da, dann bleib, wo du bist. Ich bin in fünfzehn Minuten bei dir."

Mir gelang es nicht, etwas zu sagen, denn sie hatte schon aufgelegt. Ich wusste genau, dass Janina keine Viertelstunde brauchen würde, bis sie bei mir aufschlug, da sie immer eine gewisse Zeit zusätzlich einplante. Anstatt mich über ihr bestimmendes Verhalten aufzuregen, war ich nur erleichtert, dass es ihr anscheinend an nichts fehlte und sie nicht in irgendeinem Krankenhaus lag.

Zehn Minuten später klingelte es. Janina kam, immer zwei Treppenstufen auf einmal nehmend, bei mir an. Irritiert sah ich ihr ins Gesicht, in dem sich lauter rote hektische Flecken gebildet hatten. „Was ist denn mit dir passiert? Bist du schon wieder von Stuttgart zurück?"

„Ich bin nie dort gewesen", antwortete sie zähneknirschend.

„Nicht?"

„Nein." Plötzlich fing sie an zu weinen. Ich war mit meinem Latein am Ende. Bis zu diesem Zeitpunkt hatte Janina nie geheult. Ich ergriff ihren Arm und zog sie ins Wohnzimmer Richtung Couch. „Jetzt erzähle doch mal. Was ist passiert? Geht es dir nicht gut?"

„Es ist ein Wunder."

„Was?" Meine Verwirrung wuchs zunehmend.

„Dass ich noch lebe." Auf einmal sah sie mich fast wütend an. „Woher hast du heute Morgen gewusst, dass es auf der A8 einen Unfall geben wird? Ich meine, so etwas konnte niemand wissen."
Ich bekam Gänsehaut und mir wurde übel. Was sollte ich ihr nur sagen. Nach kurzem Zögern antwortete ich.

„Das war nur so eine Eingebung." Nun war es an Janina sprachlos zu sein. So etwas konnte meine Schwester nicht glauben, wo sie doch immer alles im Griff hatte. Einen Moment lang herrschte Schweigen, dann äußerte sie sich leise: „Das hat mir das Leben gerettet. Weil ich auf den Parkplatz gefahren bin, um dich zurückzurufen. Du weißt ja, dass ich während des Fahrens grundsätzlich nicht telefoniere. Dadurch bin ich nicht in diesen fürchterlichen Unfall geraten, der sich genau in diesem Moment ereignet hatte. Es hat sogar einen Toten gegeben." Und schon fing sie wieder an zu weinen. Zudem zitterte sie wie Espenlaub. Ich war fassungslos und nahm meine kleine Schwester in die Arme. Beruhigend strich ich ihr über den Rücken.

Eine Zeitlang saßen wir so da, dann befreite sie sich vorsichtig. „Jetzt muss ich nach Hause, um wieder zur Ruhe zu kommen. Ich danke dir, wenn ich mir auch nicht erklären kann, wie man solche Eingebungen haben kann." Prüfend schaute sie mich an.
Zum Glück gab sie sich aber mit meiner Erklärung zufrieden, da sie sich nichts anderes vorstellen konnte.
Nachdem Janina gegangen war, ließ ich mich erschöpft aufs Sofa fallen. Mir wurde immer unheimlicher zumute. Was sollte ich tun? Versuchen, einen früheren Termin beim Psychologen zu bekommen? Oder zuerst mal das Buch lesen, das ich heute bestellt hatte? Ich hatte keine Ahnung, wie mit dieser Sache umzugehen war. Ich konnte niemandem davon erzählen, dass der Spiegel mit mir sprach. Nicht einmal meinem besten Freund Felix. Ich vermutete, dass es keinen Menschen gab, der mich nicht für verrückt halten würde.

Sogar Oma würde darüber nur den Kopf schütteln, da war ich mir sicher. Vor lauter Erschöpfung fielen meine Augen zu und ich wachte erst wieder auf, als es schon dunkel war.

Kapitel 6

Schweigend fuhr ich mit Kathi auf dem Beifahrersitz in die Klinik. Sie war ziemlich wortkarg und nachdem sie mir einsilbig auf meine Fragen, wie sie sich fühle und ob sie gut geschlafen habe, geantwortet hatte, ließ ich sie in Ruhe. Sicher war sie nervös und hatte Angst, was man verstehen konnte. Ganz oben auf der letzten Etage im Parkhaus ergatterten wir einen Parkplatz und gingen ins Krankenhaus. Auf der Station wartete eine Krankenschwester auf uns.

Meine Freundin bekam ein Flügelhemd ausgehändigt, mit der Bitte, es gleich anzuziehen und noch kurz auf die Toilette zu gehen, da sie in einigen Minuten abgeholt werden würde.

„Zum Glück, dann muss ich nicht mehr so lange Panik schieben." Das waren die ersten Worte von ihr, seit wir aus dem Auto gestiegen waren.

Als Kathi sich gerade in das ihr zugewiesene Bett gelegt hatte, kam schon ein Pfleger, um sie zu holen. Ich umarmte sie, wünschte ihr alles Gute und wartete im Zimmer auf sie.

Anderthalb Stunden später saß ich immer noch da und wunderte mich, dass eine Biopsie so lange dauerte.

Ich war drauf und dran, ungeduldig zu werden, als sich die Tür des Krankenzimmers öffnete und Kathi wieder hereingebracht wurde. Sie sah etwas blass aus und ihre glatten, dunkelbraunen Haare hatten ihren sonstigen Glanz verloren, aber sonst machte sie einen munteren Eindruck.

„Und, hat alles geklappt?", fragte ich sie.

„Ja, ich soll noch eine halbe Stunde liegen bleiben, dann können wir wieder nach Hause gehen."

„Du warst aber lange weg", stellte ich fest.

„Es hat etwas gedauert, bis mein Frauenarzt Zeit hatte", erklärte sie mir.

„Gut, und wie geht es weiter?"

„In ungefähr einer Woche ist das Ergebnis da. Das teilt mir Dr. Eber dann in seiner Praxis mit."

„Okay, dann können wir ja, wenn die Zeit um ist, nach Hause gehen und bei dir vielleicht noch zusammen frühstücken. Was meinst du, du hast ja sicherlich noch nichts gegessen heute. Oder?"

„Nein, aber ich bin nicht hungrig", antwortete Kathi zurückhaltend. „Außerdem bin ich hundemüde. Lass uns das ein anderes Mal machen."

Verblüfft schaute ich sie an. Was war denn mit ihr los? Normalerweise war sie immer froh gewesen über meine Anwesenheit. Ich versuchte, mir die Enttäuschung nicht anmerken zu lassen. „Na gut, dann fahre ich dich nach Hause und gehe gleich zur Arbeit. Mein Chef wird sich freuen." Es kamen keine Einwände.

Eine halbe Stunde später saßen wir wieder im Auto. Ein richtiges Gespräch kam nicht mehr auf. Nachdem Kathi ausgestiegen war, verfiel ich erneut ins Grübeln. Irgendetwas stimmte mit ihr nicht. So gut kannte ich sie inzwischen. Konnte es nur mit der Untersuchung und der Angst vor dem Ergebnis zu tun haben?

Am nächsten Morgen stand ich ohne Erwartungen vor meinem Spiegel und erschrak heftig, als er mit mir sprach. „Gift, Gift, es ist Gift", waren seine Worte. Das war alles, mehr hatte er mir nicht zu sagen. Bevor ich mich wundern konnte, fiel es mir wie Schuppen von den Augen. Ich schüttete mir etwas kaltes Wasser ins Gesicht, schlüpfte hastig in die Kleider vom Vortag und verließ eilig die Wohnung. Glücklicherweise musste ich samstags nur in Ausnahmefällen arbeiten, weil da meistens eine Bekannte von Richard aushalf.

Ich wusste, was jetzt zu tun war, aber dazu brauchte ich Kathis Unterstützung. Als ich bei ihr ankam, stockte mir der Atem. Das war doch Markus, der da aus dem Haus kam, in dem meine Freundin wohnte. Was hatte er hier am frühen Morgen gemacht? Einige Minuten war ich unfähig, mich zu bewegen. Mein vielleicht Zukünftiger war schon längst in sein Auto eingestiegen und davongefahren.

Entschlossen holte ich tief Luft, stieg aus, betrat das Treppenhaus und eilte die drei Treppen hinauf, die zu Kathis Wohnung führten. Ich würde erst einmal gar nichts sagen, mal schauen, ob sie mir etwas zu erzählen hatte. Sie öffnete gleich, nachdem ich oben angekommen war und schien mir erschrocken. Ich umarmte sie, allerdings mit Abstand, da es mich Überwindung kostete. Hatte sie was mit Markus angefangen? War er über

Nacht bei ihr geblieben? Der Stachel saß tief.

„Was machst du denn hier?", fragte Kathi erstaunt. Ohne zu antworten, ging ich an ihr vorbei, ins Wohnzimmer. Dort standen auf dem Tisch zwei leere Kaffeetassen und die dazugehörigen Teller.

„Hattest du Besuch?" Ich versuchte, mir nichts anmerken zu lassen, konnte es aber nicht vermeiden, dass sich meine Stimme seltsam anhörte.

„Nein, äh, doch ja, aber das ist jetzt nicht wichtig. Erzähle mir lieber, was dich so früh zu mir treibt."
Nun hatte ich die Gewissheit, dass da etwas mit Markus am Laufen war. Ich versuchte, meine Gefühle in den Hintergrund zu stellen, weil es im Moment im wahrsten Sinne des Wortes um Leben und Tod ging.

„Wir müssen sofort zu Rike. Ich weiß jetzt, was ihr fehlt." Kathi sah mich verständnislos an, aber ich ließ ihr keine Zeit um nachzufragen und zog sie am Arm zum Eingang. „Ich erzähle dir alles im Auto."
Sie resignierte und griff beim Hinausgehen nach ihrer Jacke.

Wir saßen noch nicht einmal richtig, da begann Kathi schon ungeduldig zu fragen, was Rike denn fehlen könnte. Ich seufzte und riss mich von meinen anderen unangenehmen Gedanken los.

„Ich glaube, dass der liebe Jürgen unsere Freundin

langsam aber sicher vergiftet.“

Sprachlos schaute Kathi mich an. Es dauerte eine Weile, bis sie wieder Worte fand.

„Hast du zu viele Krimis angeschaut? Du spinnst ja. Das glaubst du doch selbst nicht. Hat dir das dein Spiegel gesagt?“

Ich meinte etwas Spott aus ihrer Stimme herauszuhören, ließ mich aber nicht aus der Ruhe bringen und antwortete: „Auch, allerdings nicht nur. Ich grübele schon die ganze Zeit, was mir neulich kurz in den Kopf geschossen ist, aber es war einfach nicht greifbar. Es war auch nur ein kurzer, verschwommener Gedanke, als Rike mir erzählt hatte, dass sie eigentlich vorhatte, Jürgen zu verlassen...“

„Was? Sie wollte ihn verlassen? Das hast du mir gar nicht erzählt,“ äußerte sich meine Freundin vorwurfsvoll. Ich verteidigte mich. „Es war bis jetzt ja auch keine Gelegenheit dazu da gewesen, aber ich hätte es dir schon noch gesagt. Und ich habe vor längerer Zeit tatsächlich mal einen Krimi angeschaut, in dem ein Mann seiner Frau regelmäßig kleine Mengen Pestizide ins Essen gemixt hatte. Und zwar immer nur so viel, dass es ihr schlecht ging. So hat er sie richtig von sich abhängig gemacht. Sie wäre dann fast gestorben, als es aufgeflogen ist. Und als mein Spiegel heute Morgen immer wieder das Wort Gift wiederholt hat, ist bei mir der Groschen…"

„Genau, schließlich arbeitet Jürgen in einer Großgärtnerei." Nachdenklich meinte Kathi: „Du könntest Recht haben."

„Natürlich habe ich Recht. Absolut!"
Inzwischen waren wir beim Haus angekommen, in dem Rike und Jürgen wohnten. Etwas schief parkte ich meinen Wagen in eine zu kleine Parklücke. Wir sprangen aus dem Auto und rannten zur Eingangstür, als ob es auf wenige Sekunden ankommen würde, und klingelten Sturm.
Nach einer gefühlten Ewigkeit summte ohne Nachfrage durch die Sprechanlage der Türöffner.
Oben angekommen erlebten wir eine böse Überraschung. Jürgen lehnte am Türrahmen und fragte mit einem boshaften Lächeln im Gesicht: „Was kann ich für euch tun? Rike ist nicht da."

„Das kann doch nicht sein", sagte ich verblüfft. „Ihr geht es doch überhaupt nicht gut genug, um alleine irgendwo hinzugehen. Wo ist sie denn?"

„Dann kommt halt rein und überzeugt euch selbst."
Er machte einen Schritt zur Seite und wir traten zögernd ein. Irgendetwas war hier faul. Mit eiskalten Augen schaute Jürgen uns an. Mich fröstelte und es schnürte mir den Hals zu. Was war, wenn unsere Freundin schon gestorben war. Ich sah Kathi an, die ebenfalls

ängstlich aussah. Ich ließ mich nicht davon abhalten in jedes Zimmer zu schauen. Selbst vor dem Schlafzimmer machte ich nicht halt. Warum erlaubte er uns das? Das passte gar nicht zu seiner sonst so bestimmenden Art. Er beobachtet spöttisch unser Vorgehen und sagte: „Rike hat mich verlassen."

„Das glaubst du doch selbst nicht", blaffte Kathi ihn an. „So schlecht wie es ihr ging."

„Denkt, was ihr wollt. Und jetzt verlasst ihr beide bitte meine Wohnung. Da ich nicht mehr mit eurer Freundin zusammen bin, habt ihr hier nichts zu suchen." Drohend baute er sich vor uns auf, so dass wir keine andere Wahl hatten, als zu gehen. Völlig fertig mit den Nerven, saßen wir anschließend im Auto, unfähig etwas zu tun. Kathi brach das Schweigen.

„Und jetzt?"
Ich zuckte hilflos mit den Schultern.

„Keine Ahnung. Ich kann nicht glauben, dass sie in diesem Zustand gegangen ist. Und schon gar nicht, ohne uns Bescheid zu geben. Niemals!"

„Das kann ich mir auch nicht vorstellen."
Meine Freundin schüttelte den Kopf.

„Ich habe ein ganz ungutes Gefühl", fuhr ich fort.

„Hoffentlich hat er ihr nichts angetan. Wir sollten zuerst mit ihrer Mutter sprechen, ob sie eine Idee hat, wo ihre Tochter sein könnte. Und bei ihren anderen

Freundinnen und Arbeitskollegen. Vielleicht weiß ja jemand von denen irgendetwas."

„Ja, vielleicht ist alles ganz harmlos."
Kathi versuchte nicht nur mich, sondern auch sich selbst zu beruhigen.
Aber tief in meinem Inneren wusste ich, dass uns das nicht weiterbringen würde.

„Wenn niemand etwas von ihr gehört hat, müssen wir zur Polizei gehen", sagte ich tonlos.

„Und Jürgen beschatten", fügte Kathi hinzu.
Ich nickte. „Ja, das müssen wir. Ich traue ihm zu, dass er sie irgendwo eingesperrt hat. Das ist unsere Chance. Wenn er sie nicht verlieren möchte, wird er sie auch nicht verhungern und verdursten lassen."

„Hoffen wir's. Vielleicht führt er uns zu ihr."
Zweifelnd schaute ich sie an, denn mir war schon klar, dass es schwierig werden würde, Jürgen rund um die Uhr zu beobachten.

Nachdem ich Kathi vor ihrer Wohnung abgesetzt hatte, fuhr ich auf direktem Weg zu Rikes Mutter.
Angelika Eberhard ließ mich schon nach dem ersten Klingeln herein und war ziemlich aufgelöst.

„Hallo Felicitas, gut, dass du kommst. Hast du was von Rike gehört? Ich versuche sie seit gestern pausenlos zu erreichen. Jürgen geht auch nicht ans Telefon und sein Handy ist ausgeschaltet."

Wortlos schüttelte ich den Kopf. Da nahm mich Angelika in die Arme und fing an zu weinen.

„Ich habe ein ganz schlechtes Gefühl", schluchzte sie.

„Es ging ihr doch in letzter Zeit immer schlechter." Sanft befreite ich mich aus ihrer Umarmung. Leider fiel mir nichts ein, was ich zu ihrer Beruhigung hätte sagen können.

„Kathi und ich machen uns ebenfalls große Sorgen." Ernst schaute ich sie an. „Warst du denn schon bei der Polizei?" Angelika schlug sich die Hand vor den Mund.

„Denkst du, dass was passiert ist?"

„Ich hoffe nicht. Allerdings traue ich Jürgen nicht über den Weg. Rike hat mir erzählt, dass sie vorhatte ihn zu velassen. Bevor sie so krank wurde."

„Was? Davon weiß ich gar nichts", rief sie aus.

„Ich glaube, den Entschluss hat sie erst vor Kurzem gefasst und war sich selbst noch nicht sicher." Angelika nickte nachdenklich.

„Mir ist aufgefallen, dass meine Tochter sich in letzter Zeit verändert hat. Schon bevor sie sich schlecht fühlte. Und Jürgen konnte ich noch nie ausstehen. Tatsächlich könnte ich mir sogar vorstellen, dass er ihr was angetan hat." Sie schluchzte laut auf. Ich versuchte sie zu beruhigen.

„Jetzt gehen wir mal nicht vom Schlimmsten aus."

Das ungute Gefühl, das ich bei diesen Worten hatte, behielt ich lieber für mich. „Weißt du was, wenn du möchtest begleite ich dich jetzt erst einmal zur Polizei.“

„Ach du meine Güte. Meinst du denn, dass das notwendig ist?“

„Ich denke schon“, erwiderte ich und nahm mir vor, ihr unterwegs von meinem Verdacht zu erzählen.

„Ja, ich möchte alles tun, damit wir sie schnell finden. Dann lass uns fahren. Lieb von dir, dass du mich begleitest. Ich kann im Moment keinen klaren Gedanken fassen und Auto fahren könnte ich schon gar nicht.“

Kapitel 7

Lara

„Nehmen Sie bitte im Wartezimmer Platz. Es kann noch ein paar Minuten dauern." Das war die letzte Patientin für heute, dachte Lara bekümmert. Zuhause wartete nur eine leere Wohnung auf sie. Am liebsten hätte sie Tag und Nacht gearbeitet, um sich nicht mit sich selbst beschäftigen zu müssen. Lara fühlte sich hier in der Praxis für Allgemeinmedizin in Berlin Spandau, in der sie vor einem halben Jahr zu arbeiten angefangen hatte, sehr wohl. Ihr Chef Dr. Bauer war nett und hatte immer ein freundliches Wort für sie übrig.

So etwas kannte sie von ihrer vorherigen Arbeitsstelle nicht. Leider war es in ihrer Wohnung, seit ihr Freund Klaus ausgezogen war, alles andere als gemütlich. Lara hätte auch wieder zu ihren Eltern ziehen können. Sie verstanden sich wirklich gut. Aber, nachdem sie erst einmal auf eigenen Füßen stand, wollte sie das nicht mehr. Wenn nur nicht immer diese entsetzliche Leere in ihr wäre. Die hatte auch ihren Lebensgefährten vergrault. Ständig hatte sie das Gefühl, dass ein Teil von ihr fehlen würde. Sie war deshalb davon ausgegangen, dass ihr Freund nicht der Richtige sei, aber nachdem er gegangen war, wurde ihr bewusst, wie sehr sie ihn vermisste. Durch meine depressiven Phasen habe ich ihn vertrieben, sinnierte Lara vor sich hin. Sie wusste nicht mehr weiter. Zum Glück hatte sie morgen ihren zweiten Termin bei der netten Psychologin, bei der sie letzte Woche war. Vielleicht konnte diese ihr helfen.

Zuhause angekommen ließ sich Lara, ohne ihre Jacke auszuziehen, auf ihr schwarzes Ledersofa fallen. Sie fröstelte. Gleich morgen würde sie in die Stadt gehen und sich eine kuschelige Decke kaufen. Das kalte Leder war um diese Jahreszeit doch recht ungemütlich. Heute fühlte sie sich extrem einsam. Die Tränen liefen ihr über die Wangen und sie konnte nichts dagegen tun.
Wie sehr sie Klaus liebte, wurde ihr jetzt immer klarer. Sie waren schon einen Monat getrennt und er fehlte ihr fürchterlich.
Plötzlich ging ein Ruck durch ihren Körper und sie fasste einen Entschluss. Sollte sie das wirklich tun? Was hatte sie zu verlieren? Vielleicht war es besser, zuerst mit ihrer Psychologin darüber zu sprechen?

„Blödsinn", murmelte sie vor sich hin, erhob sich und nahm das Telefon von dem kleinen Sideboard neben der Tür. Mit klopfendem Herzen drückte sie die Taste, unter der die Nummer von Klaus gespeichert war. Nach dem fünften Rufzeichen hörte sie seine Stimme.

„Arnold."

„Hi, ich bin es, Lara", meldete sie sich zaghaft.

„Lara, Schatz." Sie traute ihren Ohren kaum.

In kühlerem Tonfall fuhr er fort: „Was gibt es? Geht es dir gut?"

Sie meinte, etwas Sorge aus seinen Worten herauszuhören. Oder bildete sie sich das nur ein?

„Du fehlst mir", brach es aus ihr heraus. Zunächst herrschte Schweigen, dann antwortete er leise: „Du mir auch."

Sie konnte ihr Glück kaum fassen. „Können wir reden?"

„Ich bin gleich bei dir." Nach diesen Worten hatte er das Gespräch beendet. Nervös, aber glücklich lief Lara in ihrer Dreizimmerwohnung hin und her. Was würde sie erwarten. Sie rückte einen Stuhl zurecht, hob ein Sofakissen vom Boden auf und zupfte am Vorhang herum. Zu etwas Sinnvollerem war sie nicht in der Lage. Als es endlich klingelte, riss Lara die Eingangstür regelrecht auf. Klaus trat wortlos ein und sie fiel ihm, ohne zu zögern, um den Hals. Er drückte sie fest an sich und strich ihr beruhigend über den Rücken, weil sie zu schluchzen anfing.

Später saßen die beiden auf der Couch. Er hatte den

Arm um Lara gelegt und hörte zu, was sie ihm zu sagen hatte.

„Mir ist klar geworden, dass ich dich liebe. Nicht, dass ich das zuvor nicht gewusst hätte, aber ich habe dich so fürchterlich vermisst und ich mag mir ein Leben ohne dich auf Dauer gar nicht vorstellen." Angespannt wartete sie, was ihr Freund auf ihr Geständnis erwidern würde.

„Mir geht es genauso. Die letzten Wochen waren schrecklich für mich. Aber ich hatte immer öfter das Gefühl, dass ich dir nichts bedeute."

„Aber das ist doch Blödsinn. Ja, ich habe meine düsteren Stimmungen, die habe ich aber schon mein Leben lang. Mal mehr und mal weniger. Das hat aber nichts mir dir zu tun. Ich habe schon immer das Gefühl, dass ich nicht vollkommen bin, dass mir irgendetwas fehlt. Trotzdem bin ich mit dir glücklich gewesen.
Ich kann dir das auch überhaupt nicht erklären. Aber ich habe nun eine Therapie bei einer Psychologin begonnen. Vielleicht stimmt ja was nicht mit mir und ich hoffe, dass sie mir helfen kann. Ich verspreche dir, mich in Zukunft zusammenzureißen. Hauptsache, du versuchst es noch einmal mit mir." Bittend sah sie Klaus an. Er schaute ihr lange in die Augen und sagte:

„Da ich ohne dich ebenfalls nicht leben kann, bleibt mir gar nichts anderes übrig."

Ein Stein fiel ihr vom Herzen. Nachdem sich die beiden ausgiebig geküsst hatten, meinte Klaus: „Allerdings habe ich eine Bedingung."

„Alles, was du möchtest."

„Ich behalte vorerst meine Wohnung."

„Ja, das ist vielleicht ganz gut so. Zunächst mal", fügte Lara hinzu.

„Ja, fürs Erste", flüsterte Klaus, zog seine Freundin an sich und machte da weiter, wo er vorher aufgehört hatte.

„Sie sehen heute richtig glücklich aus", stellte Frau Böhring fest.

„Das bin ich auch." Lara erzählte ihrer Psychologin, was sich am gestrigen Abend ereignet hatte.
Dabei leuchteten ihre Augen.

„Das ist schön. Dann geht es Ihnen also besser? Was ist mit Ihrer inneren Leere?"

„Im Moment ist alles super. Allerdings kann sich das bei mir schnell wieder ändern. Aber ich habe mir fest vorgenommen, das nicht mehr an meinem Freund auszulassen. Ich möchte ihn nicht verlieren. Und ich möchte Sie bitten, mir dabei zu helfen, dass ich selbst mit solchen Phasen zurechtkomme."
Nachdenklich schaute Sabine Böhring ihre Patientin an.

„Es ist auf jeden Fall gut, dass Sie Ihr Problem

erkennen. Wichtig ist es, dass wir herausfinden, woher dieses Gefühl bei Ihnen kommt. Erzählen Sie mir doch ein bisschen aus Ihrer Kindheit und wann das mit der Leere angefangen hat."

„Ich weiß nicht, ob ich letztes Mal erwähnt habe, dass ich adoptiert wurde. Schon als Baby haben meine Eltern mich zu sich genommen. Ich hatte eine glückliche Kindheit, habe aber schon immer dieses Gefühl gehabt, dass mir etwas fehlt und mir sehnsüchtig eine Schwester gewünscht. Aber meine Mutter konnte keine eigenen Kinder bekommen. Das war auch der Grund für die Adoption."

„Nein, das wusste ich nicht. Sie wollten also unbedingt eine Schwester. Und ein Bruder wäre keine Option gewesen?"

„Nein, der Gedanke kam mir nie."

„Ich kann mich erinnern, dass Sie mir erzählt haben, dass Sie kaum Freundinnen haben. Wie war denn das in Ihrer Kindheit? Wären Freundschaften mit anderen Mädchen denn kein Ersatz für die fehlende Schwester gewesen?"

„Nun, ich war tatsächlich ständig auf der Suche nach der perfekten Freundin, habe sie aber nie gefunden. Ich weiß auch nicht warum. Wahrscheinlich lag es an mir." Lara schaute ihre Therapeutin traurig an.

„Und jetzt gibt es auch keine Frau, mit der Sie sich

etwas enger anfreunden könnten?“

„Doch, in der Arztpraxis, in der ich seit Kurzem arbeite, gibt es eine Kollegin, die sehr nett ist. Ich habe mich nur noch nicht getraut, etwas mit ihr auszumachen, weil ich schon so oft enttäuscht wurde.“

„Das sollten Sie aber tun. Sie könnten es ja ganz langsam angehen. Zum Beispiel mit einem gemeinsamen Restaurantbesuch“, schlug Frau Böhring vor.

„Das könnte ich natürlich machen“, antwortete Lara, sah allerdings nicht sehr überzeugt dabei aus.

„Ansonsten, glaube ich, dass Sie schon selbst richtig erkannt haben, dass Sie die Beziehung zu ihrem Freund nicht aufs Spiel setzten sollten. Vielleicht vereinbaren Sie mit ihm, in solchen Phasen einfach ein paar Tage lang Ihre eigenen Wege zu gehen“, fuhr die Psychologin fort.
Lara überlegte. „Das ist eine gute Idee. Wir behalten sowieso beide im Moment unsere Wohnungen.“
Sabine erhob sich. „Das ist bestimmt die richtige Entscheidung. Unsere Zeit ist leider vorbei. Möchten Sie nächste Woche wieder kommen?“

„Gerne, Sie haben mir heute sehr geholfen.“
Lara nahm den Zettel entgegen, auf dem der neue Termin stand und verabschiedete sich lächelnd von Frau Böhring.

Kapitel 8

Feli

Abends hatte sich in meiner Wohnung eine kleine Runde versammelt. Felix war da, mit seinem besten Freund Max als Verstärkung. Außerdem hatten wir uns nicht gescheut, Markus anzurufen und ihn zu bitten, ebenfalls zu kommen. Das war allerdings Kathis Idee gewesen.

Aufgeregt redeten alle durcheinander, bis ich schließlich meine Angst um Rike verdrängte und rief:

„Jetzt seid doch mal ruhig, so geht es nicht weiter.
Wir müssen einen klaren Kopf behalten."
Sofort verstummte die Truppe und starrte mich erwar-
tungsvoll an. „Nun, also", druckste ich herum.

„Der Stand der Dinge ist, dass ich bei Rikes Mutter,
zwei ihrer Freundinnen und ihrer engsten Mitarbeiterin
war. Keiner hat was von ihr gehört oder sie gar
gesehen. Sie werden sich bei weiteren Bekannten und
Kollegen umhören, aber ich habe da wenig Hoffnung.
Ich war mit Angelika, Rikes Mutter, bei der Polizei.
Die unternehmen im Moment noch nichts, weil es keine
Hinweise auf ein Verbrechen gibt."

„Nicht einmal nach achtundvierzig Stunden?", fragte
Markus irritiert.

„Nein, nicht mal dann. Das konnte ich selbst nicht
glauben, aber leider ist es so."

„Hast du ihnen denn von deiner Vermutung erzählt?"
Kathi schaute mich fragend an.

„Klar, aber sie meinten, wenn es bis morgen kein
Lebenszeichen von ihr gäbe, sollen wir noch einmal
kommen, dann würden sie bei ihrer Wohnung vorbeischauen. Der eine Polizeibeamte hat mich angeschaut,
als ob er denken würde, dass ich zu viele Krimis
ansehe."

Nun mischte sich Felix ein. „Trotzdem sollten wir einen Plan für unsere eigene Observierung machen. Ich teile Felis Meinung. Wir sollten keine Zeit verlieren.“

„Stimmt“, pflichtete ihm Markus bei, warf ihm dabei aber ziemlich böse Blicke zu. Das fiel mir trotz der angespannten Situation auf. Allerdings war jetzt nicht der richtige Zeitpunkt, sich darüber Gedanken zu machen. Ich dachte nur, dass eigentlich er ein schlechtes Gewissen haben müsste und nicht mir unterstellen sollte, etwas mit meinem Jugendfreund angefangen zu haben. Das war einfach lächerlich. Sobald wir Rike gefunden haben, stelle ich Kathi zur Rede, was das alles zu bedeuten hat. Das nahm ich mir fest vor.

„Außerdem müssen wir arbeiten und schauen, wie wir das am besten managen“, fuhr Markus fort.
Managen, dachte ich spöttisch. Typisch für ihn.
Wir benötigten zwei Stunden, dann war der Plan erstellt, wie wir Jürgen rund um die Uhr beobachten und gegebenenfalls verfolgen konnten. Dazu mussten wir teilweise, je nachdem, wie lange es dauern würde, Urlaub nehmen. Hoffentlich hatte Rike genug zu essen oder zumindest zu trinken in ihrem Gefängnis. Den Gedanken, dass unsere Freundin verhungern und verdursten könnte, verdrängte ich lieber.

So langsam sollte ich mich auf den Weg machte, denn ich war als erste zur Observierung eingeteilt worden.

Seit wir uns heute Nachmittag um 15:00 Uhr zur Besprechung zusammengesetzt hatten, war niemand vor seiner Haustür zum Aufpassen gewesen. Nun war es schon fast 20:00 Uhr. Es wurde allerhöchste Zeit. Mit einem Blick in den Spiegel stellte ich zufrieden fest, dass mich so nicht einmal eine gute Bekannte erkennen würde. Ich hatte eine alte, blonde Perücke aus meiner Verkleidungskiste geholt und ein Brillengestell mit Fensterglas aufgezogen. Ich liebte es, mich an Fasching in andere Personen zu verwandeln, das kam mir nun zugute. Außerdem hatte ich mich für einen unauffälligen schwarzen Jogginganzug entschieden, den ich bis jetzt nur zu Hause anhatte. Felix hatte mir seinen alten Golf überlassen, weil Jürgen den nicht kannte. Er durfte dafür meine Klapperkiste fahren. Um Mitternacht würde er mich ablösen.

Die Männer hatten beschlossen, dass Kathi und ich keine Nachtschicht machen sollten. Das erschien ihnen zu gefährlich. Die vier Stunden heute waren eine Ausnahme, weil Markus in der Klinik Dienst und Felix etwas Dringendes für seine Mutter zu erledigen hatte. Es war nicht weit bis zu Jürgens und Rikes Wohnung. Die beiden wohnten ebenfalls in der Oststadt in der Gymnasiumstraße. Ich musste nur den Berg hinunter fahren, am Park vorbei und war drei Minuten später am Ziel. Glücklicherweise fand ich einen Parkplatz, der sich etwas entfernt von dem Mehrfamilienhaus befand. Weil es an dieser Stelle keine Straßenbeleuchtung gab, kam ich mir einigermaßen sicher vor und rutschte im Autositz nach unten. Da der Mond von den Wolken verdeckt wurde, hoffte ich, dass Jürgen, falls er das Haus verlassen sollte, mich nicht entdecken würde. Ich seufzte. Unangenehme Stunden des Wartens lagen vor mir. Aber es kam anders. Es dauerte nicht lange, da verließ er das Gebäude. Ohne sich umzuschauen, stieg er in sein Auto, das direkt vor der Haustür geparkt war und fuhr los. Perfekt. Er schien keine Eile zu haben. Warum auch. Er rechnete ja nicht mit einer Verfolgung. In gebührendem Abstand folgte ich ihm und wunderte mich, dass er, nachdem er Richtung Nordstadt gefahren war, direkt am Oststadtpark schon wieder sein Auto parkte. Was hatte er dort vor? Jürgen stieg aus und schlenderte - anders konnte man es nicht bezeichnen - in den Park. Verwirrt fragte ich mich, warum er denn, wenn er einen Spaziergang machen wollte, nicht von seiner Wohnung aus losgelaufen war. Da stimmte doch etwas nicht. Ich hatte zwar mit meinen Freunden ausgemacht, dass ich mich keiner Gefahr aussetzen würde, aber mir blieb nichts anderes übrig, als ihm zu folgen. Schließlich konnte er mich mit dieser Verkleidung unmöglich erkennen, und außerdem war er ja kein Mörder. Oder doch? Ich bekam eine Gänsehaut.

Bestimmt ging er, damit es unauffälliger war, zu Fuß zu dem Versteck, in dem er Rike festhielt.

Ich betrat das Gelände erst, als nur noch Umrisse von Jürgen wahrzunehmen waren. Es war dunkel.

Ein ungutes Gefühl kam in mir auf, aber der Gedanke an meine Freundin gab mir Mut. Rikes Lebensgefährte schien den ganzen Park durchqueren zu wollen.

Er war schon fast beim Ententeich, als ich ihn plötzlich nicht mehr sah. Wo war er? Hatte ihn die Dunkelheit vollkommen verschluckt? Ich beschleunigte und wollte mich umdrehen, weil da ein Geräusch hinter mir war, als ich an der Schulter gepackt und herumgerissen wurde. Panisch schlug ich um mich, aber der Angreifer war stärker. Er hatte mir seinen Arm um den Hals gelegt, so dass ich bei der kleinsten Bewegung erwürgt worden wäre. Bevor ich in dieser Stellung verharrte, hatte ich mit einem kurzen Blick auf die Gestalt Jürgen erkannt.

Er zischte mir ins Ohr: „Denkst du denn, ich bin blöde? Ich warne dich, das nächste Mal kommst du mir nicht so glimpflich davon." Schlagartig ließ er mich los und rannte weg.

Zitternd lief ich zurück zu Felix´Auto.

Was für eine Niederlage. Ich konnte nur hoffen, dass

Rikes Freund dachte, dass ich das im Alleingang gemacht hatte. Aber wir mussten vorsichtiger vorgehen.

Auf dem direkten Weg fuhr ich zu Kathi. Nach diesem Ereignis wollte ich jetzt nur ungern alleine sein.

Es brannte Licht, sie war also noch nicht im Bett. Nachdem meine Freundin mich hereingelassen hatte, berichtete ich ihr niedergeschmettert, was passiert war.

Tröstend nahm sie mich in die Arme. Nach einer Weile befreite ich mich aus ihrer Umarmung. Ich musste das jetzt wissen.

„Was ist los?" Mit schuldbewusstem Blick schaute sie mich an. Kathi schaffte es einfach nicht, sich zu verstellen, schon gar nicht vor mir.

„Hast du ein schlechtes Gewissen? Willst du mir etwas sagen?", fragte ich sie leise.

„Nun, ja, also, ich vermute, dass du gesehen hast, wie Markus das Haus hier verlassen hat. Stimmt´s?"

„Warum denkst du das?"

„Weil du so komisch bist. Aber, ich weiß nicht, was du denkst. Da ist nichts."

Nachdenklich schaute ich sie an. „Was hat er dann bei dir gemacht? War er die ganze Nacht hier?"

„Blödsinn! Er war zum Frühstück da, weil..."

„Zum Frühstücken?", unterbrach ich sie.

Wenigstens hatte sie mich nicht angelogen. Ich hatte ja heute Morgen die beiden Kaffeetassen entdeckt. Konnte ich ihr vertrauen?

„Und warum um alles in der Welt frühstückt ihr zusammen?"

„Er wollte sich bei mir aussprechen und einen Rat holen, weil es bei euch gerade kriselt", antwortete sie kleinlaut.

„Aha." Mehr fiel mir dazu nicht ein.

„Es tut mir leid, ich hätte es dir erzählen sollen."

„Hättest du es mir denn, wenn ich nicht gefragt hätte, überhaupt erzählt?"

„Ich weiß es nicht", antwortete Kathi ehrlich. Noch gab ich mich nicht zufrieden. „Willst du was von ihm?"

„Blödsinn", sagte sie etwas zu schnell. Da mir klar wurde, dass ich da jetzt nicht weiterkam, wechselte ich das Thema. „Wir sollten Felix Bescheid geben, was passiert ist, sonst kommt er, um mich abzulösen, und wundert sich, das ich nicht da bin. Außerdem macht es wenig Sinn, dass er da heute hingeht. Wir müssen uns morgen einen neuen Plan ausdenken."

Kathi nickte und ich verabschiedete mich ohne viele Worte von ihr. Es wurde Zeit, dass ich ins Bett kam. Aber, wenn ich mein Gedankenkarussell nicht abschalten konnte, würde diese Nacht wieder nicht sehr erholsam werden.

Kapitel 9

Nach einer unruhigen Nacht wälzte ich mich aus meinem Bett und schwankte ins Badezimmer.

Dort schaute ich erwartungsvoll in den Spiegel, aber dieser schwieg. Enttäuscht wandte ich mich ab und schlurfte in die Küche, um Kaffee aufzusetzen. Heute hätte ich seinen Rat dringend gebraucht. Leider hatte er mir nichts zu sagen. Schuldbewusst sagte ich mir, dass ich ungerecht sei, und seufzte tief.

Es war soweit, dass ich versuchen musste, einen früheren Termin beim Psychiater zu bekommen, wenn ich jetzt schon Schuldgefühle gegenüber dem Spiegel hatte. Ich lachte hysterisch auf. Bevor ich mich intensiver mit meiner depressiven Stimmung befassen konnte, wurde ich durch das Klingeln des Telefons aus den unliebsamen Gedanken gerissen. Ich sah auf dem Display, dass es meine Mutter war, und nahm das Gespräch an.

„Hallo Mama."

„Guten Morgen mein Schatz. Hast du gut geschlafen?"

„Es geht so", antwortete ich unschlüssig, ob ich ihr von den jüngsten Geschehnissen erzählen sollte. Mir war zu so früher Stunde, vor allem bevor ich einen

Kaffee getrunken hatte, nicht nach einem längeren Gespräch zumute. Und das wäre es mit Sicherheit geworden. Deshalb entschied ich mich dagegen.

„Ja, geht so. Wie geht es dir? Gibt es was Neues?"

„Nein, eigentlich nicht. Dein Vater ist wie immer auf dem Golfplatz."

Hörte ich da so etwas wie Verbitterung heraus?

„Sei doch froh, dann hast du ein bisschen Zeit für dich."

„So viel Zeit für mich, wie ich habe, braucht kein Mensch."

Meine Eltern haben eine Krise, dachte ich entsetzt. Das hatte mir noch gefehlt, dass bei ihnen der Haussegen schief hing.

„Du, Mama, kann ich dich vielleicht zurückrufen, wenn ich gefrühstückt habe?"

„Klar, ich möchte dich auch nicht mit meinen Problemen belasten", antwortete sie leicht verärgert.

„Das tust du nicht", versicherte ich ihr hastig und verabschiedete mich, mit dem festen Vorsatz, sie gleich nach dem Frühstück zurückzurufen.

Ich hatte kaum den letzten Bissen heruntergeschluckt, als es an der Haustür klingelte.

Meine Güte, wer kam denn am Sonntagvormittag um 11:00 Uhr zu mir. Eigentlich schlief ich um diese Zeit. Es war Janina. Staunend schaute ich sie an. Normalerweise kam sie nie, ohne zuvor einen genauen Zeitpunkt auszumachen. Panisch fragte ich: „Ist was passiert?“

„Nein, was soll den passiert sein?“

Ich beruhigte mich, denn das hörte sich wieder ganz nach meiner korrekten Schwester an.

„Na, dann komm rein“, antwortete ich immer noch ratlos. Wir ließen uns auf der Couch nieder und ich wartete geduldig, was sie mir zu sagen hatte. Mit den Gedanken war ich bei Rike und überlegte, wie wir in diesem Fall weiter vorzugehen hatten.

Ich war mit den anderen um 14:00 Uhr hier in meiner Wohnung verabredet. Bis dahin wollte Markus vor Jürgens Haus spazieren gehen. Da dieser ihn nicht kannte, war das unauffällig.

„Du, Felicitas, ich möchte dich etwas fragen.“

Ich zuckte zusammen. Wenn es ernst wurde, nannte mich meine Schwester immer beim vollen Namen.

„Hab ich was angestellt?“

„Nein, wie kommst du denn darauf?“

„Nun, du bist so seltsam.“

„Nein, ich möchte nur von dir wissen, ob du vielleicht eine Eingebung hast, ob ich meine große Liebe gefunden habe und ob das was mit uns werden könnte?“

Sprachlos schaute ich sie an. Wer war denn nun verrückt? Meine Schwester, die mit beiden Beinen im

Leben stand, fragte mich sowas.

„Wieso sollte ausgerechnet ich das wissen? Ich wusste bis jetzt ja noch nicht einmal, dass du jemanden kennengelernt hast."

„Hab ich auch nicht. Es ist ein alter Schulfreund, den ich auf unserem Klassentreffen wieder gesehen habe, und da ist es bei mir passiert. Ich habe mich unsterblich in ihn verliebt. Aber ich weiß nicht, ob das auf Gegenseitigkeit beruht. Ich dachte halt, weil du bei diesem Unfall, in den ich beinahe hineingeraten wäre, auch so eine Eingebung hattest", erklärte sie verlegen.

Mir wurde warm ums Herz, so verletzlich war Janina noch nie gewesen. Ich nahm sie in die Arme und versicherte ihr, dass sie das bestimmt bald herausfinden würde, dass ich aber keine Hellseherin sei und ihr da leider nicht weiterhelfen könne.

Ich war erleichtert, dass sie sich dann auch recht schnell verabschiedete, da ich im Moment anderes im Kopf hatte, als mich mit solchen Lappalien zu beschäftigen.

Nachdem ich geduscht und begonnen hatte, meine Haare trocken zu föhnen, klingelte es wieder. Ich kam mir vor wie im falschen Film. Felix spazierte herein. Obwohl ich froh war, ihn zu sehen, war ich etwas ungehalten.

„Was machst du denn schon hier? Es ist doch noch gar nicht zwei."

„Na, das ist ja mal eine nette Begrüßung.“
Er schmunzelte und umarmte mich. Ich schmiegte mich
kurz an ihn und fühlte mich geborgen, wie lange nicht
mehr. Er war halt mein bester Freund. Von Kathi
konnte ich so etwas im Moment leider nicht behaupten.
Aber auf Felix war immer Verlass. Ich trat einen Schritt
zurück, schaute ihn an und bemerkte seinen seltsamen
Blick. „Ist was passiert?“, fragte ich heute zum zweiten
Mal.

„Nein, was soll sein, außer das was gestern mit Rike
gewesen ist. Ich finde, das reicht“, äußerte er sich,
etwas verunsichert, wie es mir vorkam. Sah ich etwa
schon Gespenster? Musste ich denn alles hinterfragen?

„Möchtest du einen Kaffee?“

„Gerne.“ Wir setzten uns in die Küche und rätselten
eine Weile herum, was mit Rike geschehen sein könnte.
Ich stand auf und fragte: „Bleibst du jetzt bis 14:00 Uhr
hier, bis die anderen kommen?“
Felix erhob sich ebenfalls und plötzlich war er nahe bei
mir. Ich konnte es nicht leugnen, es knisterte zwischen
uns. Ohne Vorwarnung zog er mich an sich und drückte
seine Lippen auf die meinen. Erst küsste er mich ganz
sanft und dann immer leidenschaftlicher. Und was tat
ich? Ich presste mich fest an ihn und erwiderte den
Kuss. Als mir klar wurde, was da geschah, schob ich
ihn panisch weg. Ich brachte es nicht fertig, ihm ins

Gesicht zu schauen, und sagte leise: „Es ist besser, wenn du jetzt gehst und erst später wieder kommst, wenn die anderen da sind.“

Es war nicht einmal eine Minute vergangen, da hörte ich die Tür zufallen. Nun war es vorbei mit der Beherrschung. Ich rannte ins Schlafzimmer, warf mich aufs Bett und weinte bitterlich. So durcheinander war ich in meinem Leben noch nie gewesen.

Später saßen wir dann alle bei mir im Wohnzimmer zusammen. Ich war wie in Nebel gehüllt und die anderen fragten mich, ob mir etwas fehlen würde. Ich entschuldigte mein schlechtes Aussehen mit Kopfschmerzen. Felix, der wieder seinen Freund Max als Verstärkung dabei hatte, vermied es, mir in die Augen zu schauen. Ich sah ihn ebenfalls nicht an. Kathi schien in ihrer eigenen Gedankenwelt gefangen zu sein und Markus starrte mich die ganze Zeit an. Auf jeden Fall kam es mir so vor. Man konnte die ungemütliche Stimmung allerdings auch damit erklären, weil wir uns aus einem ernsten Grund hier versammelt hatten und nicht einfach nur zum Spaß. Max unterbrach die Stille.

„Also, eines ist klar, Feli darf sich dort nicht mehr blicken lassen"
Alle nickten zustimmend. Auch ich konnte dagegen nichts einwenden.

„Aber sobald sich irgendetwas ergibt, möchte ich informiert werden." Das stellte ich zur Bedingung.

„Klar", entgegnete Markus. „Sobald du etwas tun kannst, wirst du wieder involviert."
Damit musste ich mich zufriedengeben.

„Mein Vorschlag wäre, dass wir uns ein fremdes Auto leihen", sagte Max nachdenklich.

„Und was soll das ändern? Er kennt doch unsere Autos auch nicht", unterbrach Kathi ihn.

„Lass mich doch erst mal ausreden." Er lächelte.

„Gerade mal zwei Häuser weiter wohnt ein Freund von mir. Der hat so einen Kastenwagen, der immer auf dem gleichen Platz steht. Wenn ich dem mein Auto gebe, überlässt er uns seines bestimmt für ein paar Tage."

„Das wäre genial." Felix strahlte. Diese Idee fanden wir alle gut. Inzwischen konnte ich wieder klarer denken und sagte: „Ich werde nachher mal Rikes Mutter anrufen und fragen, ob sie was von der Polizei gehört hat."

„Okay, ich befürchte allerdings, da kommt nicht viel dabei heraus", entgegnete Kathi.

Markus gab ihr Recht. „Wenn nichts auf ein Verbrechen hindeutet, unternehmen die nichts."

Ich seufzte nur und niemand äußerte sich dazu.

Max erhob sich. „Dann werde ich mal gehen und mich um die Angelegenheit kümmern. Der Kerl ist schon viel zu lange ohne Beobachtung. Wer löst mich heute um, sagen wir mal 19:00 Uhr ab?"

„Das kann ich machen, ich habe heute frei", erklärte Markus sich bereit.

Als endlich alle das Haus verlassen hatten, war ich erst einmal zu nichts in der Lage und fühlte mich wie erschlagen. Aber irgendetwas musste ich tun, schließlich konnte ich nicht den ganzen Tag hier so sitzen bleiben. Vielleicht meine Eltern besuchen?

Lieber nicht, die Nerven hatte ich nicht. Wahrscheinlich war dort nicht die beste Stimmung, nachdem Mama sich so negativ über meinen Vater geäußert hatte. Außerdem hatte ich vergessen, sie zurückzurufen. Ich fasste den Entschluss, zur Oma zu fahren, konnte mich aber nicht aufraffen und schlief auf dem Sofa ein.

Um 21:00 Uhr erwachte ich aus dem Tiefschlaf.

„Das darf nicht wahr sein", fluchte ich laut. Jetzt war es zu spät, meine Großmutter zu besuchen. Das machte mich traurig, hatte ich mir doch fest vorgenommen, öfter zu ihr zu gehen und ihr im Haushalt behilflich zu sein. Ich seufzte. Das wurde heute also nichts mehr. Aber ich konnte ja nicht wissen, dass Rike verschwinden würde und wir um ihr Leben fürchten mussten. Damit erleichterte ich mein Gewissen.

Und nun? Bis jetzt hatte niemand angerufen.

Wenn unsere Freundin irgendwo eingesperrt war und sie dort kein Essen und vor allem nichts zu trinken hatte, dann würde sie das nicht mehr allzu lange durchhalten können. Der Schweiß brach mir bei diesem Gedanken aus den Poren. Ich konnte doch jetzt nicht so einfach normal weitermachen und mich womöglich sogar ins Bett legen. Ich hatte zwar den anderen versprochen, mich nicht in die Nähe von Jürgens Wohnung zu begeben, aber, wenn ich zu Fuß gehen und mein Äußeres komplett verändern würde, konnte eigentlich nichts schiefgehen. Gesagt, getan, suchte ich mir eine dunkle Langhaarperücke aus der Verkleidungstruhe. Dieses Mal zog ich mehrere Schichten Kleidung an. Ein dicker Wollpullover toppte das Ganze und ich sah aus wie eine korpulente Frau. Außerdem war ich so vor Kälte geschützt.

Zu guter Letzt zog ich ein Paar schwere Wanderstiefel, die ich mal gekauft, aber nie getragen hatte, aus dem Schuhschrank. Nachdem ich mir das Gesicht mit einem dunklen Make-up vollkommen zugekleistert hatte, zog ich eine Mütze tief in die Stirn und einen flauschigen Schal über den Mund. Zufrieden mit meinem Spiegelbild, zog ich zu Fuß los.

In der Gymnasiumstraße angekommen, war gleich der besagte weiße Lieferwagen zu sehen, weil es weit und breit der Einzige war. Ich erkannte Markus, der Max inzwischen abgelöst hatte, vom Seitenfenster aus, obwohl er tief im Sitz versunken saß und so tat, als ob er schlief. Die Frontscheibe war mit einer Frostschutzplane abgedeckt, was um diese Jahreszeit zum Glück unauffällig war. Das kleine Loch unten auf der Fahrerseite, das in die Plane hineingeschnitten war, fiel nicht auf. Perfekt, stellte ich zufrieden fest, bückte mich und tat so, als ob ich meinen Schuh binden würde, um mich dabei unauffällig umzusehen. Die Straße war menschenleer.

Plötzlich wurde die Beifahrertür aufgerissen und ich hörte Markus zischen: „Bist du wahnsinnig? Hast du den Verstand verloren, hier einfach aufzutauchen? Schnell komm rein und setzt dich in den Fußraum." Wortlos befolgte ich, zitternd am ganzen Körper, seine Anweisung. Ich hatte schon befürchtet, dass Jürgen mich aufgespürt hätte. Es dauerte eine Weile, bis ich mich beruhigt hatte. „Wie hast du mich denn erkannt?", fragte ich.

„Ich werde doch wohl noch meine Freundin erkennen?", antwortete Markus und lächelte jetzt sogar. Ich bemerkte Zärtlichkeit in seinem Blick und schmolz dahin. „Bin ich das denn noch für dich, deine Freundin?"

„Wenn du das möchtest, dann für immer", meinte er ernst. Jetzt wollte ich es aber doch genau wissen, ob Kathi mir die Wahrheit gesagt hatte.

„Und was ist mit Kathi? Hast du was mit ihr?" Einen Moment hatte ich das Gefühl, dass er etwas blass geworden war, konnte mich aber auch getäuscht haben.

„Wie kommst du denn darauf?" Er schien erstaunt über meine Frage zu sein.

„Ich habe gestern morgen gesehen, dass du bei ihr warst."

„Wo warst du denn? Ich habe dich nicht gesehen“, fragte er irritiert.

„Ja, du schienst ganz schön in Gedanken versunken gewesen zu sein.“

„Du hättest dich aber bemerkbar machen können.“ Er war verärgert.

„Antworte mir doch einfach auf meine Frage.“ Inzwischen war ich ebenfalls ärgerlich. Er gab sich geschlagen.

„Ich wollte mich in meinem Kummer wegen dir einfach etwas aussprechen. Und wer ist da besser geeignet, als die beste Freundin? Ist das so schlimm?“

„Nein.“ Aus dieser Sicht fand ich es überhaupt nicht mehr tragisch. Außerdem deckte sich seine Antwort mit der von Kathi. Wie gut er doch aussieht, dachte ich, während ich ihn wortlos anstarrte. Er hatte es nicht verdient, dass ich ihn länger hinhielt. Was wollte ich eigentlich. Wir waren schon drei Jahre zusammen und es hatte immer gepasst. Ich weiß nicht, was in diesem Moment in mir vorging. Vielleicht war es Eifersucht, wenn ich daran dachte, dass aus Kathi und ihm ein Paar werden könnte. Oder einfach, um mir und allen zu beweisen, dass ich nichts, außer Freundschaft für Felix empfand. Auf jeden Fall rutschte ich, immer noch im Fußraum des Autos sitzend, näher an ihn heran, legte meinen Kopf auf seinen Oberschenkel und flüsterte:

„Wenn du noch möchtest, können wir morgen heiraten.“

Vollkommen verblüfft schaute Markus mich an. Strahlend kam sein Gesicht dem Meinen ganz nahe, als er einen Schrei ausstieß. Er hatte aus dem Augenwinkel heraus Jürgen mit seinem Auto fortfahren sehen. Schnell startete er den Lieferwagen, wendete und versuchte, ihn zu verfolgen, aber es war hoffnungslos. Wir konnten Rikes Freund nicht mehr einholen. Wir hatten es verpatzt. Und das war allein meine Schuld. Wenn Rike wegen diesem Zeitverlust sterben musste, würde ich mir das nie verzeihen.

Um 24:00 Uhr wurden wir von Felix abgelöst und berichteten ihm, dass Jürgen uns entwischt war. Weshalb verschwiegen wir. Mit merkwürdigem Blick schaute er erst Markus, dann mich an. Vielleicht bildete ich mir das aber nur ein.

„Es wird heute Nacht wohl nicht mehr viel passieren“, überlegte Felix laut, „egal, ich bleibe trotzdem hier. Wir dürfen nichts unversucht lassen.“

Kleinlaut verabschiedete ich mich von den beiden. Markus rief mir hinterher, ob er mich nicht lieber nach Hause fahren solle. Aber ich wollte jetzt allein sein, die Geschehnisse verdauen, und schüttelte den Kopf.

Als ich endlich im Bett lag, konnte ich lange Zeit nicht einschlafen. Das Klingeln schreckte mich auf.

Ein Blick auf den Wecker und ich stellte fest, dass es erst 5:00 Uhr war. Hastig rannte ich ins Wohnzimmer und fluchte, weil ich im Dunkeln über etwas stolperte und griff, nachdem ich das Licht eingeschaltet hatte, nach dem Telefon. Es war Max, der heute Morgen um 4:00 Uhr Felix abgelöst hatte.

Aufgeregt redete er drauflos: „Feli, stell dir vor, ich habe eine Spur."

„Tatsächlich?"

„Ja, Jürgen ist vorhin nach Eutingen gefahren. Ich konnte ihm unbemerkt folgen, da es nun mal nichts Ungewöhnliches ist, wenn ein Lieferwagen zu so früher Stunde unterwegs ist. Es waren zum Glück auch schon andere Fahrzeuge auf den Straßen..."

„Jetzt komm doch mal auf den Punkt", unterbrach ich ihn ungeduldig.

„Nun, also, die Spur führt zu einem Mehrfamilienhaus in Eutingen. Er hatte einen Korb dabei, der wie ein Picknickkorb aussah. Könnte mir gut vorstellen, dass er Rike dort gefangen hält und sie gerade mit Lebensmitteln versorgt, bevor er arbeiten geht."

„Und wo bist du jetzt?"

„Ich bin nun zu Fuß unterwegs und stehe gut getarnt von einem Baum und einem Lastwagen in der Nähe des besagten Hauses. Ich werde... da kommt er wieder raus“, flüsterte Max. „Er setzt sich in sein Auto und fährt weg.“

„Gut“ erwiderte ich, den Telefonhörer zwischen Schulter und Kopf gepresst, während ich in eine Hose schlüpfte.

„Bleib, wo du bist. Ich ziehe mich nur schnell an und komme dann zu dir. Schreib mir doch bitte per Whatsapp die genaue Adresse.“

„Aber was willst du denn jetzt unternehmen? In dem Haus schlafen doch noch...“ Ich ließ ihn nicht ausreden, zog die Haustür hinter mir zu, setzte mich ins Auto und brauste los, nachdem ich zufrieden mit einem Blick auf mein Handy festgestellt hatte, dass er mir die genaue Anschrift schon geschickt hatte.

Als ich am Ziel ankam, erwartete mich ein ratloser Max. „Was sollen wir jetzt tun?“

„Ist Jürgen denn weg?“, wollte ich wissen, ohne auf seine Frage einzugehen.

„Ja, aber...“ Ich ließ ihn nicht weiterreden.

„Dann werde ich mich mal im Haus umhören. Und du bleibst bitte hier und schiebst Wache. Nicht, dass der Kerl doch noch mal zurückkommt. Allerdings denke ich, dass er ins Geschäft gefahren ist. In der Großgärtnerei beginnt die Arbeitszeit recht früh.“

Zweifelnd schaute mich mein Gegenüber an, aber was blieb mir anderes übrig. Irgendetwas musste ich ja tun. Auf der Fahrt hierher, hatte ich, nachdem ich dies gestern vergessen hatte, mit Rikes Mutter telefoniert. Sie war total verzweifelt, weil sie immer noch nichts von ihrer Tochter gehört hatte und die Polizei keine Anstalten machte, etwas zu unternehmen. Also brachte es uns nicht weiter, dort noch einmal ohne Beweise hinzugehen.

Bevor Max etwas dagegen einwenden konnte, war ich schon zu dem besagten Haus gelaufen und klingelte an der unteren rechten Klingel.

Es war ein Mehrfamilienhaus mit acht Wohnungen, so wie es aussah, mit jeweils zwei auf einem Stockwerk. Eine Männerstimme erklang durch die Sprechanlage.

„Ja?“

„Guten Tag, können Sie mich bitte kurz hereinlassen?“, fragte ich in forderndem Tonfall.

„Um was geht es denn?“

„Das kann ich Ihnen erklären, wenn Sie aufmachen.“ Der Mann schien zu zögern, aber nach einigen Sekunden erklang der Surrton des Türöffners und ich konnte eintreten.

Abgestandene Luft empfing mich und ich dachte, dass man hier unbedingt mal lüften sollte. Es war allerdings keine Zeit, sich deshalb weitere Gedanken zu machen, denn ein älterer Herr im Morgenmantel mit grimmigem Gesichtsausdruck fragte, nachdem ich ein paar Stufen zu den ersten Wohnungen erklommen hatte, ungeduldig nach meinem Anliegen. Bestimmt hatte ich ihn aus dem Schlaf gerissen. Ich erklärte ihm, dass ich eine Freundin suchen würde, die sich hier im Haus befinden müsste und nur nicht genau wüsste, bei wem sie sich aufhielte, es aber um Leben und Tod ginge. Der Mann schaute mich an und schüttelte den Kopf. Wahrscheinlich dachte er, dass ich verrückt sei. Schließlich ließ er sich doch zu einer Antwort herab.

„Ich habe keine Frau gesehen." Er wollte die Tür zumachen, überlegte es sich aber und sagte auf die gegenüberliegende Tür deutend: „Da brauchen sie überhaupt nicht zu klingeln. Diese Wohnung ist momentan nicht bewohnt." Nach diesen Worten schloss er endgültig seine Wohnungstür. Ob ich ihm glauben sollte? Er schien schlecht zu hören, sonst hätte er nicht so laut gesprochen. Ich hatte mich seiner Lautstärke angepasst und trotzdem das Gefühl gehabt, dass er eher von meinen Lippen abgelesen hatte, als gehört zu haben. Auf der anderen Seite müsste er eigentlich wissen, wenn inzwischen jemand eingezogen wäre.
Seufzend stieg ich zwei weitere Treppen nach oben und klingelte zuerst an der linken Tür. Eine gepflegte Frau mittleren Alters öffnete und schaute mich erwartungs-

voll an. Ich entschuldigte mich für die frühe Störung und sprach den gleichen Text wie zuvor, gespannt auf die Antwort wartend.

„Nein, ich habe in den letzten Tagen niemand Fremdes hier im Haus gesehen. Tut mir leid.“

„Okay. Könnten Sie mir aber vielleicht noch etwas zu der unteren Wohnung sagen? Ist die nicht vermietet?“

„Das weiß ich nicht genau, also, ob inzwischen Mieter gefunden wurden. Seit einigen Wochen steht die leer. Allerdings war vor Kurzem der Makler mit einem Interessenten da.“

„Können Sie mir den Mann beschreiben?“

„Nein, ich schaue mir ja nicht alle Menschen so genau an. Ich habe auch noch anderes zu tun.“
Da mir auffiel, dass die Frau ungeduldig wurde, verabschiedete ich mich freundlich. Lag es daran, dass ich ihr doch irgendwie sympathisch war? Auf jeden Fall rief sie mich zurück, nachdem ich schon auf der Treppe weiter nach oben war.

„Warten Sie, ich habe tatsächlich etwas bemerkt.“ Erwartungsvoll sah ich sie an.

„Gerade gestern und auch vorhin habe ich Geräusche gehört. Es hatte den Anschein, dass diese aus der Wohnung unter mir kommen. Sie müsssen wissen, dass hier alles sehr hellhörig ist. Ich dachte mir noch, dass sie

jetzt vielleicht doch vermietet ist. Aber dafür hört man eigentlich zu wenig." Sie zuckte entschuldigend mit den Schultern. „Sonst ist mir nichts aufgefallen."
Dann schlug sie die Tür zu.

Ich war mir sicher, dass sich Rike in der unteren Wohnung aufhielt. Dafür benötigte ich nicht einmal den Spiegel.
Tief in Gedanken versunken ging ich zurück zu Max, der immer noch hinter dem gleichen Busch stand, wo ich ihn zurückgelassen hatte. Nachdem ich ihm von den Gesprächen der Bewohner und meiner Vermutung berichtet hatte, schaute er mich zweifelnd an. Er konnte schließlich nicht wissen, dass ich hellseherische Fähigkeiten hatte. Inzwischen glaubte ich das fast selbst.

„Und was sollen wir jetzt tun?" Ratlos stand er da.

„Hm, wenn ich das wüsste. Lass mich kurz nachdenken." Einige Minuten sagte keiner etwas, dann fuhr ich fort: „Wir haben drei Möglichkeiten. Entweder, wir versuchen, in die Wohnung zu gelangen. Oder wir beobachten weiterhin das Haus. Aber das wäre die schlechteste Lösung, denn ich weiß nicht, in welcher Verfassung sich Rike befindet. Vielleicht ist sie sogar in Lebensgefahr."

„Und was wäre die dritte Möglichkeit?"

„Wir könnten zur Polizei gehen."

„Meinst du, die glauben uns und unternehmen etwas?“

„Keine Ahnung, aber ich denke, es ist einen Versuch wert. Alles andere können wir immer noch machen.“

„Du hast recht.“

Man sah Max an, wie erleichtert er war, die Verantwortung abgeben zu können und nicht verbotenerweise in die Wohnung einbrechen zu müssen. So beschlossen wir, dass er weiterhin das Haus bewachen und ich solange nach Pforzheim aufs Polizeirevier fahren würde.

Kapitel 10

Lara

Erstaunt schaute Lara ihre Kollegin Bettina an, als diese ihr das Telefon hinhielt.

„Da möchte dich jemand sprechen."

Ein ungutes Gefühl beschlich sie. Noch nie wurde sie hier in der Praxis angerufen. Ihr Freund wusste, dass ihr das unangenehm war, und ihre Eltern würden das nur im Notfall tun, da war sich Lara sicher.

Sie meldete sich zögernd. „Ritter."

„Hallo mein Schatz, ich bin es, Mama."

„Ist was passiert?"

„Nein, ich wollte dich nicht erschrecken. Bei uns ist alles in Ordnung. Dein Vater und ich müssen nur unbedingt etwas mit dir besprechen und wollen das nicht länger aufschieben. Deshalb rufe ich dich im Geschäft an, weil ich fragen wollte, ob du vielleicht heute Abend Zeit hast und vorbeikommen könntest?"

„Eigentlich bin ich heute mit Klaus verabredet. Aber er kann ja sicher mitkommen, oder?"

Als keine Antwort kam, fragte Lara: „Mama, bist du

noch da."

„Ja", antwortete Marianne, Laras Mutter.

„Das klingt aber sehr ernst. Was ist denn los?"

Sie bekam es mit der Angst zu tun.

„Es ist gar nichts passiert. Zumindest jetzt nicht", druckste Marianne herum, „es ist einfach Zeit für die Wahrheit."

Lara schluckte. Sie spürte instinktiv, dass das, was sie heute Abend erfahren würde, ihr nicht gefallen, es vielleicht sogar ihr ganzes Leben verändern würde.

„Okay, ich komme dann alleine, direkt nach der Arbeit", äußerte sie sich leise und beendete das Gespräch.

Mit Blick auf die Uhr stellte sie fest, dass es nur noch eine halbe Stunde bis zum Feierabend war. Bettina hatte sich in der Zwischenzeit um die Patienten gekümmert, die an der Anmeldung gewartet hatten, und nickte ihr freundlich zu. „Ist alles in Ordnung? Du siehst etwas blass um die Nase aus. Kann ich irgendetwas für dich tun?"

Lara wollte erst verneinen, überlegte es sich dann aber anders. „Ja, ich wüsste da schon etwas. Würdest du mal mit mir einen Kaffee trinken gehen?"

Schüchtern wartete sie auf die Antwort der Kollegin.

Diese sah sie überrascht an und erwiderte freudig:

„Sehr gerne, wir können gleich was ausmachen.

Ich kenne ein tolles Café, gleich hier um die Ecke."

„Super, wir könnten das nächsten Mittwoch machen, wenn die Praxis geschlossen ist."

„Das ist eine gute Idee. So machen wir es."
Die Tür öffnete sich und ein Patient betrat die Anmeldung. Lara wandte sich an Bettina. „Könntest du dich bitte um ihn kümmern? Ich muss meinem Freund eine Nachricht schreiben, dass ich heute Abend jetzt doch keine Zeit habe." Sie seufzte. „Hoffentlich ist er nicht sauer. Wir haben uns erst wieder versöhnt."

„Kein Problem, mach ich." Bettina dachte sich, dass Lara bestimmt einsam war und sich mal aussprechen wollte. Sie freute sich, dass die Kollegin sie gefragt hatte, denn sie mochte die gleichaltrige Frau und würde sich gerne mit ihr anfreunden.

Blass und sprachlos saß Lara am Abend ihren Adoptiveltern gegenüber. Was die ihr gerade gesagt hatten, war unglaublich und hatte ihr den Boden unter den Füßen weggerissen. Sie wusste nicht, ob sie sich freuen oder verärgert sein sollte, dass ihre über alles geliebten Eltern ihr diese wichtige Information vorenthalten hatten.

Marianne trat zu ihrer Tochter und legte den Arm um sie. „Glaube mir, wir hielten es so für das Beste."

„Und warum jetzt? Warum habt ihr es mir gerade heute unbedingt beichten müssen?"

Harald, ihr Vater, mischte sich ein.

„Wir haben uns das schon lange durch den Kopf gehen lassen und in letzter Zeit bemerkt, wie es dir psychisch immer schlechter geht. Und da dachten wir uns, ob da vielleicht ein Zusammenhang besteht."

Ihre Mutter nickte.

Lara erhob sich wie in Trance und erwiderte: „Ich kann mir sehr gut vorstellen, dass meine innere Leere davon kommt. Entschuldigt mich, das muss ich erst einmal verarbeiten."

Sie ließ ihre betrübten Eltern ohne Verabschiedung zurück. Draußen angekommen, holte sie ihr Handy aus der Handtasche und wählte die Nummer ihrer Psychologin. Leider meldete sich nur der Anrufbeantworter.

Sie musste unbedingt versuchen, so schnell wie möglich einen früheren Termin zu bekommen.

Anschließend rief Lara ihren Freund an und hatte Glück, er war erreichbar.

„Hallo Klaus." Ohne abzuwarten, bis er sich gemeldet hatte, sprach sie hektisch weiter. „Hast du vielleicht heute Abend doch noch Zeit? Ich hab gerade etwas Unglaubliches erfahren und komme überhaupt nicht damit zurecht. Ich würde gerne mit dir darüber sprechen."

Klaus zögerte nicht und antwortete: „Natürlich bin ich für dich da, wenn du mich brauchst. Was hat dich denn so erschüttert? Du bist doch bei deinen Eltern, oder?"

„Ich war dort. Und ja, die haben mir etwas gesagt, was mir endlich Klarheit bringt."

„Okay, jetzt bin ich aber gespannt. Beruhige dich erst einmal. Wo bist du jetzt? Soll ich dich abholen?"

„Nein, ist schon okay. Ich bin noch vor dem Haus meiner Adoptiveltern und..."

„Warum betonst du das so? Dass du adoptiert bist, wissen wir ja. Das ist doch nichts Neues. Und bisher hast du immer nur von ‚deinen Eltern' gesprochen."

Lara seufzte. „Ich erzähle dir gleich alles. Und du hast recht. Ich liebe sie auch nach wie vor, aber trotzdem, wie konnten sie nur...

Egal, ich fahre jetzt nach Hause. Das kann ich.

Bis gleich. Ich liebe dich."

Gedankenverloren setzte sich Lara in ihren alten Golf und fuhr los.

Kapitel 11

Feli

Max staunte nicht schlecht, als ich nach zwei Stunden, zusammen mit der Polizei, zurückkehrte.

„Wie hast du das denn hinbekommen?"

„Erzähle ich dir später", rief ich ihm zu und eilte den beiden Polizeibeamten hinterher, die sich schon im Haus befanden. Dort drehte sich einer der Beamten um und sagte zu mir im Befehlston: „Sie bleiben da draußen." Er sah an mir vorbei und erblickte Max, der inzwischen ebenfalls in dem Gebäude angekommen war. „Und wer sind Sie?"

„Ich bin ein Freund."

„Wie auch immer", mischte sich der Kollege barsch ein. „Begeben Sie sich auf die andere Straßenseite."
Er sah mich ärgerlich an und ignorierte Max.

„Ich glaube zwar nicht an Ihre Story, aber falls es doch gefährlich werden sollte, möchte ich, dass sie beide außer Reichweite sind." Damit schlug er uns die Tür vor der Nase zu. Resigniert gehorchten wir.
Zu gerne hätte ich gesehen, wie sie in die Wohnung kommen. Wahrscheinlich müssen sie die Türe aufbre-

chen, überlegte ich mir. Es dauerte nicht allzu lange, bis wir einen Rettungswagen hörten. Dieser parkte direkt vor dem Haus. Mein Herz klopfte wie wild. Max sah ebenfalls ziemlich mitgenommen aus. Das konnte doch nur bedeuten, dass...

Nun hielt mich nichts mehr auf. Ich rannte durch die offene Tür in die Wohnung. Entsetzt sah ich Rike in einem der Zimmer auf einer alten Matratze liegen, die in dem sonst leeren Raum auf dem Boden lag. Ich stürzte zu ihr. Niemand beachtete mich.

Die Polizeibeamten waren recht kleinlaut geworden. Einer der Sanitäter fragte: „Sind Sie eine Angehörige?" Ich nickte. Damit gab er sich zufrieden.

„Was ist los mit ihr?" Angstvoll sah ich ihn an.

„Das wissen wir noch nicht. Sie ist bewusstlos. Wir bringen sie jetzt ins städtische Klinikum."

„Kann ich mitfahren?"

„Haben Sie ein Auto hier?"

„Ja."

„Dann fahren Sie uns am besten hinterher."

„Alles klar."

Ich folgte den Sanitätern, die Rike auf einer Trage zum Krankenwagen trugen und rannte, Max im Schlepptau, zum Auto. Außer Atem erklärte ich ihm in Kurzform, was ich erfahren hatte, und bat ihn, mit in die Klinik zu fahren. Zu meiner Erleichterung hatte Max Zeit.

Er hatte bei seinem Arbeitgeber angerufen und Bescheid gegeben, dass er heute nicht kommen könne. Darüber war ich froh, denn alleine wollte ich das alles nicht durchstehen.

Am Abend saß ich meiner Mutter in ihrer Küche gegenüber und war verzweifelt. Man hatte mich im Krankenhaus nicht zu Rike auf die Intensivstation gelassen. Ich konnte die Lüge, eine Angehörige zu sein, nicht durchziehen. Leider wusste ich nun überhaupt nicht, wie es um sie stand. Ich hatte dann schnellstens ihre Mutter angerufen und sie informiert. Diese hatte bis zu diesem Zeitpunkt keine Ahnung gehabt, was sich heute zugetragen hatte. Sie war aus allen Wolken gefallen und sofort in die Klinik gefahren.

Jetzt wartete ich auf ihren Anruf. Sie hatte mir fest versprochen sich zu melden, sobald sie mehr wüsste. Zuerst hatte ich in der Klinik auf sie gewartet. Da aber nur sie zu ihrer Tochter gehen durfte, entschloss ich mich zu meinen Eltern zu fahren.

Inzwischen war es 18:00 Uhr und ich hatte immer noch nichts von ihr gehört. Wahrscheinlich saß sie an Rikes Bett und wollte sie nicht alleine lassen, redete ich mir gut zu. Es machte mich verrückt, nicht zu wissen, was los ist.

Besorgt ruhte der Blick meiner Mutter auf mir.

„Sie ist jetzt in den besten Händen. Du hast alles getan, was du konntest. Ohne dich und deine Freunde wäre sie vielleicht schon tot.“

„Du hast ja recht, aber diese Warterei macht mich einfach wahnsinnig.“

Mein Vater hatte diese bedrückte Stimmung nicht mehr ertragen und war, wie immer vor solchen Situationen geflüchtet. Nun kam er aus dem Wohnzimmer und steckte vorsichtig seinen Kopf zur Tür herein und äußerte sich: „Das kann ja keiner mit ansehen."
Er trat ein. Ich sah zu ihm auf und sagte sarkastisch:

„Vielleicht heitert es dich etwas auf, dass ich Markus nun doch heiraten werde."
Ein Strahlen breitete sich auf seinem Gesicht aus. Meine Mutter war ebenso überrascht.

„Ja, wie kommt denn jetzt das so plötzlich?", fragte sie erstaunt.
Vater, der sich inzwischen auf einem Küchenstuhl niedergelassen hatte, sprang wieder auf.

„Das ist ja wunderbar und muss gefeiert werden. Ich hole sofort eine Flasche Champagner aus dem Keller." Entsetzt schauten wir ihn an. Wie konnte ein Mensch so unsensibel sein.

„Denkst du, mir ist jetzt nach Feiern zumute", herrschte ich ihn an und überlegte, ob ich gehen sollte. In diesem Moment klingelte das Handy. Ich erkannte auf dem Display die Nummer von Rikes Mutter. Mein Vater hatte erneut vor sich hin murmelnd den Raum verlassen. Obwohl ich seit Stunden darauf gewartet hatte, erschrak ich heftig und mir fiel das Smartphone auf den Fußboden, als ich das Gespräch annehmen wollte. Bis ich es aufgehoben hatte, war es zu spät.

Mit zittrigen Händen drückte ich die entsprechende Taste, um zurückzurufen. Zum Glück meldete sie sich gleich. Ich fragte hektisch: „Wie geht es Rike? Weiß man schon was?"

„So wie es bis jetzt aussieht, gehen die Ärzte davon aus, dass meine Tochter nach und nach mit kleinen Mengen Pestiziden vergiftet wurde." Sie schluchzte auf und es war ihr nicht möglich weiterzusprechen.

„Um Himmels willen." Ich war entsetzt, obwohl es mich nicht überraschte. Trotzdem konnte ich es nicht glauben. „Dass er tatsächlich dazu fähig war, ist nicht zu fassen", rief ich empört ins Telefon.

„Sie ist doch hoffentlich außer Lebensgefahr?"

„Ich denke schon." Man konnte hören, dass Rikes Mutter weinte. „Die Ärzte sind zuversichtlich. Sie ist allerdings sehr geschwächt, weil sie tagelang kaum etwas zu trinken und gar nichts zu essen bekommen hat."

„Dieses Schwein. Was bezweckte er nur damit?"

„Ich kann mir das auch nicht vorstellen", antwortete sie müde.

„Ich aber vielleicht schon." Mir war gerade das Gespräch eingefallen, das ich vor kurzem mit meiner Freundin hatte. „Wahrscheinlich wollte er mit allen Mitteln vermeiden, dass sie ihn verlässt. Er ist ein Narzisst und hätte es nicht ertragen, abserviert zu werden. Aber was er jetzt getan hat, dafür gehört er hinter Gitter."

„Und dafür werde ich sorgen", entgegnete Rikes Mutter zornig. „Es ist noch nicht bewiesen, dass er es war. Aber wer hätte sonst ein Interesse daran, meine Tochter zu vergiften. Außerdem arbeitet er als Landschaftsgärtner und kommt an das Zeug ran. Auf jeden Fall ist er schon verhaftet worden und in Untersuchungshaft."

„Da bin ich froh. Das erleichtert mich doch einigermaßen. Darf ich denn zu Rike?"

„Heute nicht mehr. Sie ist wieder bei Bewusstsein und hat mit mir gesprochen, aber sie ist sehr schwach. Ich denke morgen wird es gehen."

„Okay. Vielen Dank fürs Bescheid geben. Jetzt bin ich doch etwas ruhiger."

Nachdem ich mich verabschiedet hatte, schaute ich zu meiner Mutter. Vater war inzwischen wieder in der Küche erschienen. Die beiden saßen einträchtig nebeneinander. Sie wollten genau wissen, was passiert war. In diesem Moment wurde mir bewusst, was mich zuvor irritiert hatte. Vor lauter Sorge um Rike war mir nicht aufgefallen, dass meine Eltern die ganze Zeit fast nichts miteinander gesprochen hatten. Ich war erleichtert, sie nun so friedlich beieinander sitzen zu sehen.

Trotzdem fragte ich Mama später, als sie mich zur Türe begleitete, leise: „Habt ihr Streit?" Sie winkte nur ab und schüttelte stumm den Kopf. Das gefiel mir überhaupt nicht. Allerdings war jetzt keine Zeit, sich damit zu befassen. So ganz ließ mich diese Angelegenheit aber nicht los. Meine Mutter hatte sich ja schon vor ein paar Tagen am Telefon so abfällig über das Verhalten meines Vaters geäußert.

Als ich eine Stunde später zuhause ankam, starrte ich irritiert auf Felix, der dort an die Wohnungstür gelehnt, kauerte.

„Was machst du denn hier? Ich habe dir und den anderen doch alle Neuigkeiten auf die Mailbox gesprochen. Hast du sie nicht abgehört?"

„Doch", antwortete er in seltsamen Tonfall, „Aber du hast mir nicht berichtet, dass du Markus heiraten wirst."

„Ach so, das war ja jetzt auch wirklich, aufgrund der Ereignisse, nicht so wichtig." Ich hoffte, damit mein Verhalten zu entschuldigen.

„Doch, ich finde das schon sehr wichtig, aber du musst wissen, was du tust." Mit diesen Worten drehte sich mein bester Freund um und ließ mich stehen. Fassungslos schaute ich ihm hinterher. Was war das jetzt? Verstört rührte ich mich einen Moment lang nicht vom Fleck. Ich konnte gar nicht begreifen, was soeben geschehen war. Was hatte ich Felix denn getan? Warum rannte er einfach davon? Dass Markus und ich vorhatten zu heiraten, war nichts Neues. Klar, ich hatte gesagt, dass ich das nicht tun werde, aber man kann ja seine Meinung auch mal ändern. Felix war doch sonst nicht so empfindlich.

Schuldbewusst dachte ich an den Kuss vor ein paar Tagen. Das war ein Ausrutscher gewesen. Schließlich sind wir wie Bruder und Schwester, redete ich mir ein.

Hoffentlich erwachte ich bald aus diesem Albtraum.
Verzweifelt begab ich mich ins Wohnzimmer.

Ich musste mit jemandem reden. Die Müdigkeit war wie weggeblasen. Wo war eigentlich mein Verlobter? Sollte der sich nicht um mich kümmern, wenn es mir schlecht ging? Seit ich ihm heute die Neuigkeiten über Rike auf die Mailbox gesprochen hatte, war kein Rückruf gekommen. Keine Nachricht. Nichts.

Ich tippte die entsprechende Taste, um ihn anzurufen. Leider meldete sich nur der Anrufbeantworter. Soviel ich wusste, musste er aber gar nicht arbeiten. Das war komisch.

„Na ja, was soll's, wozu hat man Freundinnen", murmelte ich und wählte die Nummer von Kathi.

Nach dem zehnten Klingeln gab ich resigniert auf.

„Lassen mich denn jetzt alle im Stich", schimpfte ich laut. Überhaupt, warum meldete sich meine Freundin nicht. Sie brauchte doch Beistand wegen ihrer Untersuchung. Das kam ein bisschen zu kurz durch diese ganze Geschichte. Beschämt dachte ich daran, dass ich sie fast beschuldigt hatte, ein Verhältnis mit Markus zu haben. Wie dumm von mir, ihr zu misstrauen. Wenn niemand für mich Zeit hatte, würde ich mir einen Tee kochen und dann ins Bett gehen.

Glücklicherweise schlief ich trotz aller Probleme vor lauter Erschöpfung sofort tief und fest ein.

Am nächsten Morgen erwachte ich relativ frisch und ausgeruht. Später musste ich meinem Chef erklären, warum ich gestern nicht mehr gekommen war, sondern ihm nur auf die Mailbox gesprochen hatte. Das bereitete mir etwas Unbehagen. In der Hektik hatte ich vergessen, ihn noch einmal anzurufen.

Zunächst ging ich meinen gewohnten Weg ins Bad zum Spiegel und schaute hinein.

Heute wollte ich nichts von ihm hören, da ich genug Abenteuer und Probleme hatte. Aber er nahm keine Rücksicht, sondern sprach mich an: „Kümmere dich um deine Eltern. Sprich mit deinem Vater."

Na, toll, das war bestimmt Einbildung, dass er das gerade gesagt hatte, denn schließlich wusste ich über ihre Eheprobleme Bescheid oder ahnte es zumindest. Das war ja nicht zu übersehen gewesen. Aber es war etwas anderes, wenn das schon der Spiegel sagte.

Ich kicherte nervös. Ich war wohl doch irre. Wie ich es auch drehte und wendete, es half nichts, ich musste mit Vater sprechen und ihm klarmachen, dass meine Mutter das nicht mehr lange mitmachen würde. Schon wieder brach mir der Schweiß aus. Allein die Vorstellung, dass sie sich scheiden lassen könnten. Es wäre furchtbar. Normalerweise verstanden wir drei uns gut und ich liebte auch meinen Vater. Trotz der Probleme, die wir miteinander hatten.

Vor allem mochte ich mir die beiden nicht alleine vorstellen. Dann müsste ich mich ja intensiv um sie kümmern. Ich seufzte tief. Das Wichtigste war jetzt, zuerst zu erfahren, wie es Rike ging. Alles andere hatte zu warten. Allerdings konnte ich erst heute nach der Arbeit ins Krankenhaus fahren. Am Mittwoch würde ich mir Zeit für sie nehmen und den ganzen Nachmittag bei ihr verbringen. Mit schlechtem Gewissen dachte ich an meine Großmutter. Viel zu lange war ich nicht mehr bei ihr gewesen. Hatte ich mir doch fest vorgenommen, für sie da zu sein. Nun ja, man kann nicht alles auf einmal machen, entschuldigte ich mich bei mir selbst.

Anderthalb Stunden später kam ich im Buchladen an und stutzte. Es war schon kurz nach neun und das Geschäft hatte noch geschlossen. Normalerweise öffnete mein Chef pünktlich, es sei denn, er hatte mit mir vereinbart, dass ich das tun würde. Das war aber nicht der Fall gewesen. Ich kramte den Schlüssel aus der Tasche und und schloss auf.

„Richard", rief ich, aber nichts geschah. War er etwa noch in seiner Wohnung?

Zunächst ging ich in den kleinen Aufenthaltsraum und erschrak heftig, denn da lag er, tot oder bewusstlos, das war nicht sofort zu erkennen. Ich kniete mich neben ihn auf den Boden und tastete panisch nach seinem Puls. Der war da, allerdings sehr schwach.

Mit zittrigen Händen zog ich mein Handy aus der Tasche und wählte den Notruf.

Danach legte ich Richard in die stabile Seitenlage und wartete. Es dauerte nur fünf Minuten, bis die Sirene des Rettungswagens zu hören war, aber es kam mir wie eine Stunde vor. Was war nur los in meinem Leben? Gab es denn für mich nie ein bisschen Ruhe?

Ich wünschte mir ein wenig Langeweile. Zumindest zeitweise. Dass jeder Tag gleich verlief, ohne besondere Vorkommnisse.

Vollkommen erschöpft schloss ich die Tür zum Buchladen ab. Nicht vom Arbeiten war ich so am Ende, sondern wegen des Zusammenbruchs meines Chefs.

Die Sanitäter und der Notarzt waren keine zehn Minuten später vor Ort eingetroffen und hatten Richard mitgenommen. Schon vor deren Eintreffen hatte er sein Bewusstsein wieder erlangt und war außer Lebensgefahr.

Es war nur eine kurze Bewusstlosigkeit gewesen. Warum, werde ich wohl gleich erfahren, dachte ich mir und fuhr mit dem Auto Richtung Krankenhaus.

Als ich dort ankam, traf ich meinen Chef auf der normalen Station an. Glücklicherweise musste er nicht auf der Intensivstation behandelt werden.

Ich setzte mich erleichtert an sein Bett. „Du hast mir einen schönen Schrecken eingejagt. Tu das nie wieder."

„Ich werde mein Bestes geben." Richard grinste.

„Aber, Spaß beiseite", fuhr er fort, „es tut mir leid. Ich hätte auf meinen Körper hören sollen. Es ging mir schon lange nicht mehr gut."

„Weiß man denn schon, was dir fehlt?"

„Ja, ich habe Diabetes. Und zwar ziemlich hohe Werte. Daher dieser Schwächeanfall. Aber zum Glück bin ich nicht ins Koma gefallen und hier gut aufgehoben. Die Ärzte werden mich auf Insulin einstellen und das Leben geht weiter. Mach dir also keine Gedanken.

Alles wird gut. Ich muss nur meine Essgewohnheiten umstellen, vor allem was Süßes angeht."

„Oh je, ich weiß doch, wie gerne du Kuchen isst."

„Nun ja, ich hab schon lange vorgehabt, da etwas zu ändern." Er wechselte das Thema: „Wie machen wir das jetzt? Kannst du die nächsten Tage, ich denke, es werden ungefähr acht sein, die ich hier in diesem Luxushotel verbringen muss..." Er grinste schief, „den Laden schmeißen?"

„Klar, du schaffst das doch auch ohne Hilfe, wenn ich Urlaub habe. Außerdem bin ich sowieso fast immer ohne dich im Verkaufsraum, weil du die meiste Zeit im Büro bist. Du musst dann halt deine Sachen hinterher aufarbeiten."

„Gut." Richard atmete erleichtert auf.

„Wenn ich dich nicht hätte." Er nahm meine Hand in die seine und schaute mich so intensiv an, dass mir ganz komisch zumute wurde. Das würde mir jetzt zu meinem Glück noch fehlen, dass er womöglich auch mehr als Freundschaft für mich empfand. Was heißt da „auch", rief ich mich zur Ordnung. Außer Markus gab es da ja niemand, redete ich mir mal wieder ein.

„Na gut." Mit diesen Worten stand ich auf. „Dann werde ich dich jetzt mal in Ruhe lassen."

„Ruhig wird es hier genug sein", antwortete Richard enttäuscht. „Aber geh du besser nach Hause und erhole dich nach dem Schreck."

„Oh, ach ja, ich wollte mich noch entschuldigen, weil ich gestern nicht mehr kommen konnte und dich nicht einmal benachrichtigt habe, was los war. Ich habe einiges erlebt, aber das werde ich beim nächsten Mal erzählen. Dann geht es dir bestimmt besser."

„Ach, mir geht es ganz gut." Wieder sah er mich so merkwürdig an, bevor er weiterredete. „Mach dir keine Gedanken wegen gestern. Jeder hat mal einen Notfall."

„Danke für dein Verständnis." Ich streckte ihm die Hand hin, um mich zu verabschieden, aber er begnügte sich nicht damit, sondern setzte sich aufrecht hin und gab mir einen Kuss auf die Wange. Das war zu viel. Fluchtartig verließ ich das Krankenzimmer.

Da Rike auf der Intensivstation nicht von zwei Personen gleichzeitig Besuch erhalten durfte und ich wusste, dass ihre Mutter bei ihr war, entschloss ich mich, bei Kathi vorbeizuschauen. Wenn sie schon nicht ans Telefon ging, würde ich sie einfach überfallen müssen. Nachdem ich Sturm geklingelt hatte, öffnete sie endlich die Tür. Mit blassem Gesicht schaute sie mir entgegen.

„Hey Kathi, was ist denn los? Warum meldest du dich nicht? Geht's dir nicht gut? Hast du vielleicht Angst vor dem Ergebnis?"

„Nein, komm rein. Das müsste allerdings auch Ende dieser Woche da sein."

Ich ging an ihr vorbei, direkt ins Wohnzimmer und ließ mich auf die Couch fallen. „Was ist dann los mit dir? Gibt es da etwas, das ich wissen müsste?"

„Blödsinn, mir geht es einfach in letzter Zeit nicht so gut."

„Na, so ist es im Moment ja bei uns allen. Ich weiß selbst nicht, wo mir der Kopf steht", entgegnete ich. Allerdings wollte auch nach einer Viertelstunde immer noch keine Unterhaltung aufkommen. Was war mit meiner besten Freundin los? Wir tranken einen Tee, dann gab ich es auf und verabschiedete mich.

Wieder in meiner eigenen Wohnung angekommen, fühlte ich mich etwas deprimiert. Was war denn nur los? Markus meldete sich nicht, was ich nicht gerade nett fand. Normalerweise kümmerte man sich um seine Verlobte, vor allem, wenn sie Kummer hatte. Er muss sich doch denken, dass es mir nach dieser ganzen Aktion mit Rike schlecht geht, überlegte ich mir. Vergeblich versuchte ich mehrfach, ihn anzurufen. Wahrscheinlich hat er wieder einmal Stress in der Klinik, entschuldigte ich sein Verhalten.

„Wenn er heute Abend nicht zu mir kommt, werde ich zu ihm gehen und ihn zur Rede stellen", murmelte ich vor mich hin. Erst setzte er alles dran, mich zu heiraten und dann machte er sich rar. So ging das nicht. Als ich zwei Stunden später gerade entschieden hatte, zu seiner Wohnung zu fahren, klingelte es. Es war mein Verlobter. Wortlos ließ ich ihn herein.

„Was ist dir denn über die Leber gelaufen?", fragte er. Zunächst schwieg ich, aber dann brach es aus mir heraus: „Nichts, außer, dass wenn ich dich einmal bräuchte, du nicht da bist."

„Ach komm, du weißt doch, dass ich viel arbeiten muss. Komm mal her."
Widerstrebend machte ich einen Schritt auf ihn zu und er nahm mich in seine Arme. Aber meine Anspannung ließ nicht nach. Wieder kamen Zweifel auf. War das eine gute Voraussetzung für eine Ehe? Für immer? Panik breitete sich in mir aus. Eines war klar, ich würde nur einmal heiraten.
Der Abend verlief dann ziemlich steif. Es wollte keine richtige Unterhaltung aufkommen. Nach einer Weile unterbrach mein Zukünftiger das Schweigen.

„Wir könnten schon einmal einen Termin für unsere Hochzeit festlegen."
Fassungslos starrte ich ihn an.

„Das ist jetzt nicht dein Ernst. Oder? Meine beste Freundin ist schwer krank, Richard ist ebenfalls im Krankenhaus und auch sonst ist einiges nicht in Ordnung. Und da soll ich die Hochzeit planen?"

„Da sieht man eben, wie deine Prioritäten sind."
Seine Augen funkelten streitlustig.

„Wenn du das so siehst, dann gebe ich dir recht. Das sind meine Prioritäten. Punkt!"

„Okay, dann verschwinde ich jetzt mal, denn ich habe heute noch Wichtigeres zu tun, als mit dir zu streiten." Nach dieser Auseinandersetzung verließ Markus die Wohnung, ohne sich zu verabschieden.

Lag es an mir, dass ich im Moment mit niemandem zurechtkam und nur mit meinem Spiegel redete? Ich seufzte tief. Es war eindeutig an der Zeit, einen Psychiater aufzusuchen. Aber darüber wollte ich heute nicht mehr nachdenken. Eine Welle der Erschöpfung überrollte mich. Ich beschloss, ins Bett zu gehen. Es dauerte nicht lange und ich war eingeschlafen.

Kapitel 12

Wie immer schaute ich erwartungsvoll in meinen Badezimmerspiegel. Dieses Mal ließ er mich nicht warten. Kümmere dich um deine Eltern, meinte ich gehört zu haben. Nun, das wusste ich selbst. Das brauchte man mir nicht sagen. Um ein ernstes Gespräch mit Vater kam ich nicht herum. Es wäre eine Katastrophe für mich, wenn sich die beiden scheiden ließen. Aber gut, sollte heute nichts Schlimmeres anliegen, dann war ich zufrieden. Jetzt machte ich meine Laune und das Leben doch tatsächlich vom Spiegel abhängig. Irritiert über diese Erkenntnis griff ich zum Telefon und rief den Psychiater an. Der Termin war erst in ein paar Wochen. So lange wollte ich aber nicht mehr warten.

Leider teilte mir die Arzthelferin mit, dass es nicht möglich sei, einen früheren zu bekommen. Entweder es wurde alles besser oder ich war bis dahin vollkommen verrückt geworden.

Resigniert machte ich mich schnell fertig, um pünktlich bei der Arbeit zu sein, denn schließlich war außer mir niemand dort, um den Laden zu öffnen. Zu dieser frühen Stunde gab es noch keine Kundschaft, deshalb nutzte ich die Gelegenheit und griff nach dem Handy, um meinen Vater anzurufen.

Als er sich meldete, begrüßte ich ihn betont fröhlich.

„Hallo Papa, wie geht es dir?"

„Hallo Felicitas. Du rufst doch sicher am frühen Morgen nicht an, um mich das zu fragen? Wie geht es dir?"

„Bei mir ist im Moment viel los. Aber egal, ich wollte einfach mit dir reden. Hättest du vielleicht mal Zeit?"

„Natürlich. Das klingt ja sehr ernst. Komm doch einfach heute Abend vorbei. Deine Mutter würde sich auch freuen."

„Nein, ich möchte mit dir alleine sprechen.", erwiderte ich zaghaft. Kurzes Schweigen am anderen Ende.

„Also gut, wenn du meinst. Wo sollen wir uns treffen? Soll ich zu dir nach Hause kommen?"

Entsetzt wehrte ich ab. Das fehlte noch, dass er wieder an meiner kleinen Wohnung und ihrer Einrichtung herumkritisierte, weil es ihm nicht vornehm genug war. Und mir dann womöglich erklärte, ich solle schnellstmöglich Markus heiraten, um einen angemessenen Lebensstandard zu haben. Aber das war ja jetzt sowieso der Plan, erinnerte ich mich. Ich hatte es nur kurzfristig verdrängt. Bei diesem Gedanken kam Unbehagen in mir auf. Vielleicht sollte ich das Ganze doch noch einmal überdenken. Leider gab es niemanden, mit dem ich darüber sprechen konnte.

Mit Kathi kam ich im Moment überhaupt nicht klar. Und Felix wollte anscheinend nichts mehr von mir wissen. Ob ich ihn als Freund verloren habe? Mein Vater holte mich wieder in die Gegenwart zurück.

„Dann lass uns beim Italiener in der Stadt etwas essen gehen."

„Okay, so machen wir es. Wäre dir 19:00 Uhr recht? Dann kann ich direkt nach Ladenschluss dorthin fahren."

„In Ordnung. Bis heute Abend. Ich wünsche dir einen schönen Tag"

„Danke gleichfalls", erwiderte ich zerstreut und drückte auf den roten Hörer auf dem Smartphone. In Gedanken war ich schon woanders, denn mir war eingefallen, dass ich eigentlich längst wieder bei der Oma hätte vorbeischauen sollen. Das wurde nun leider nichts. Ständig hatte ich gegenüber meinen Lieben ein schlechtes Gewissen. Das musste sich ändern. Schließlich konnte ich mich nicht zerreißen.

Die Ladentür öffnete sich und eine Kundin betrat das Geschäft. Nun war ich wenigstens von meinem eigenen Elend abgelenkt.

Kapitel 13

Lara

Erschöpft lag Lara auf dem Sofa, in den Armen ihres Freundes. Nachdem sie ihm das eben Gehörte erzählt hatte, schwieg er fassungslos. Auch Lara getraute sich nicht, die Stille zu durchbrechen. Nach einer Weile des Schweigens äußerte sich Klaus: „Das ist Wahnsinn. Dann hast du also eine Zwillingsschwester.
Aber eigentlich", fuhr er fort, „ist das doch sehr schön."

„Ja, natürlich, du hast recht. Ich bin nur so wütend, weil sie mir das jetzt erst gesagt haben. Mein Leben lang habe ich Probleme gehabt und wusste nicht, woher sie kommen. Und alles, was ich über Zwillinge gehört habe, ist, dass wenn man sie auseinanderreißt, immer ein Teil fehlt. Weil sie einfach zusammengehören. Das erklärt mir meine innere Leere, die ich hatte und immer noch habe. Dadurch hatte ich so viele Probleme, auch was unsere Beziehung angeht, und das hätte alles anders sein können. Ich liebe Papa und Mama natürlich nach wie vor. Keine leiblichen Eltern hätte ich mehr lieben können. Aber ich muss das Ganze jetzt erstmal verdauen."

„Na klar, das kann ich verstehen." Beruhigend strich Klaus seiner Freundin über den Kopf.

„Aber du wirst sie doch sicher finden wollen, deine Schwester, meine ich."

„Ja, natürlich, auf jeden Fall. Aber wie gesagt, ich muss das alles erst einmal sacken lassen. Ich habe Angst davor. Außerdem muss ich mich zunächst erkundigen, ob ich überhaupt an ihren Namen und die Adresse komme."

„Ich denke, das müsste klappen. Ich habe schon mal gehört, das es eine offene und eine geschlossene Adoption gibt. Bei der geschlossenen könnte es schwierig werden, aber..."

„Ich weiß", unterbrach ihn Lara. „Deshalb ist es wichtig, das als Erstes herauszubekommen."

„Das werden deine Eltern aber auf jeden Fall wissen."

„Stimmt. Ich rufe sie an. Aber heute schaff ich das nicht mehr. Ich warte auf den Rückruf meiner Psychologin. Da ich allerdings übermorgen sowieso einen Termin bei ihr habe, war es eigentlich Blödsinn, bei Frau Böhring anzurufen. Wenn sie vielleicht doch morgen Zeit hat, werde ich mir im Geschäft freinehmen und hingehen." Nachdenklich schaute sie das Telefon an, als ob sie es hypnotisieren könne und es dann klingeln würde.

„Ich möchte das alles mit ihr besprechen, bevor ich

einen Fehler begehe.“

„Ja, mach das. Ich bin froh, dass du jetzt Bescheid weißt. Ich denke, es wird dir bestimmt bald besser gehen. Und ganz besonders freue ich mich, dass wir wieder zusammen sind.“
Klaus beugte sich vor und küsste Lara innig.

Endlich war Laras ersehnter Termin bei ihrer Psychologin. Freundlich wurde sie begrüßt.

„Hallo wie geht es Ihnen? Wenn ich Sie mir so anschaue, würde ich sagen, letztes Mal haben Sie glücklicher ausgesehen. Oder täuscht das?"

„Nun, eigentlich nicht. Es ist nur etwas passiert."

„Ach ja, Sie hatten mir auf den Anrufbeantworter gesprochen. Leider war es mir nicht möglich, Sie gestern noch einzuschieben."

„Kein Problem, mir ist dann selbst klargeworden, dass es Blödsinn war, so einen Wirbel wegen einem Tag zu machen, aber ich war so in Panik."

„Machen Sie sich keine Gedanken. Was ist passiert?" Lara erzählte die ganze Geschichte, die sie am Montagabend von ihren Eltern erfahren hatte. Dass sie ihr offenbart hatten, dass sie eine Zwillingsschwester hätte. Die Therapeutin war überrascht und sah Lara nachdenklich an. Schließlich äußerte sie sich: „Das würde jeden umhauen. Da kann ich gut verstehen, dass es Ihnen kurzfristig den Boden unter den Füßen weggezogen hat. Aber eigentlich sind das doch gute Nachrichten. Oder wie empfinden Sie das?"

„Ich habe gemischte Gefühle. Da war zuerst die Wut auf meine Eltern, dass sie mir das jahrelang vorenthalten haben. Die hat sich wieder etwas gelegt. Dann kam Verzweiflung in mir auf, dass daher wahrscheinlich diese innere Leere kam, die ich mein Leben lang gespürt habe und dass das nicht hätte sein müssen. Und letztendlich die Angst, wie sie ist, also meine Zwillingsschwester meine ich.“

„Und was werden Sie nun tun? Möchten Sie Ihre Schwester kennenlernen?“

„Auf jeden Fall. Ich habe mich auch schon erkundigt. Es war eine offene Adoption und ich kann erfahren, wer meine Schwester ist und wo sie wohnt. Ich werde sie auf jeden Fall aufsuchen.“

Frau Böhring lächelte. „Das ist doch jetzt mal was Schönes. Natürlich sind Sie aufgeregt, das ist in dieser Situation doch vollkommen normal. Das wäre jeder. Es könnte tatsächlich eine Erklärung für Ihre innere Leere sein. Schließlich hat ein Teil von Ihnen immer gefehlt.“

„Das sehe ich auch so. Ich habe nächste Woche einen Termin an der besagten Stelle, die für Adoptionen zuständig war und ist. Dann werde ich die Adresse meiner Schwester erfahren. Ich bin tatsächlich schon ganz aufgeregt.“

Das sah man Lara deutlich an, wie sie so vor ihrer Therapeutin saß, mit geröteten Wangen.

„Das kann ich verstehen. Ich bin gespannt und werde Sie gerne in den nächsten Wochen in dieser nicht ganz einfachen Lebensphase begleiten.“ Frau Böhring schlug die Beine übereinander und fuhr fort: „Wissen Sie denn etwas über Ihre leiblichen Eltern?“

„Ja, mir wurde von Anfang an gesagt, dass meine Mutter sehr jung war, noch nicht einmal sechzehn Jahre alt. Sie kam anscheinend aus keinen guten familiären Verhältnissen und war total überfordert.“

„Und wie ist das inzwischen? Möchten Sie sie nicht kennenlernen?“

„Ach so, nein, als meine Adoptiveltern mir gesagt haben, dass ich adoptiert bin, haben Sie mir auch mitgeteilt, dass sie kurz nach meiner Geburt bei einem schweren Verkehrsunfall ums Leben gekommen ist. Und mein Erzeuger war von Anfang an unbekannt“, fügte Lara hinzu.

„Das erklärt natürlich, dass das Thema für Sie erledigt war. Wie sieht es sonst in Ihrem Leben aus? Ist alles gut mit Ihrem Freund?“

„Ja, doch, alles in Ordnung. Ich bin sehr glücklich darüber.“

„Das ist schön. So müssen Sie nicht alleine diesen Weg gehen“, äußerte sich die Psychologin. „Vielleicht können Sie, wenn Sie Ihre Schwester kennenglernt haben, sich auch mit Ihren Eltern aussprechen und sie sogar etwas verstehen.“

„Ich denke schon, ich habe ihnen noch nicht ganz verziehen, aber schließlich liebe ich sie und hatte eine wunderbare Kindheit.“

„Das wird schon", ermunterte Sabine Böhring sie. Nun strahlte Lara richtiggehend und erhob sich, weil sie mit Blick auf die Wanduhr festgestellt hatte, dass die Therapiestunde zuende war. Die Therapeutin stand ebenfalls auf. „Gut, dann sehen wir uns nächste Woche wieder. Ich wünsche Ihnen alles Gute!"

„Danke, aber wahrscheinlich habe ich bis dahin meine Zwillingsschwester noch nicht kennengelernt. So schnell wird es nicht gehen. Sie wohnt sicher nicht gerade um die Ecke."

„Wahrscheinlich nicht, trotzdem eine gute Zeit", entgegnete Frau Böhring. Beschwingt und bereit für alles, was da kommen würde, verließ Lara die Praxis.

Feli

Am Abend traf ich mich mit Papa beim Italiener.
Wir setzten uns an einen Tisch, etwas verborgen in
einem kleinen Nebenraum. Nachdem mein Vater mich
eingehend betrachtet hatte, meinte er: „Du siehst blass
aus. Geht es dir nicht gut?"

„Doch, doch", erwiderte ich etwas zu schnell, „ich
habe nur viel um die Ohren. Im Moment ist ständig was
los in meinem Leben. Aber, wenn ich jetzt anfange
davon zu erzählen, dann sitzen wir heute um Mitternacht noch hier."

„Das macht doch nichts. Ich meine, wir haben ja
Zeit."

Und so erzählte ich ihm alles, was sich in den letzten
Tagen ereignet hatte. Allerdings nur in Kurzform. Das
reichte aus, um ihn aus der Fassung zu bringen.

„Meine arme Kleine."

Komisch dachte ich mir, wenn wir beide alleine unterwegs sind, verstehen wir uns immer prächtig. Es sei
denn, das Thema kam auf Markus, aber diese Sache
hatte ich nicht angesprochen. Vater riss mich aus
meinen Gedanken.

„Aber, jetzt erzähle mal, was du auf dem Herzen
hast? Warum wolltest du dich heute so dringend mit
mir treffen?"

„Tja, das letzte Mal, als ich bei euch war, ist mir aufgefallen… also ich frage jetzt einfach mal. Habt ihr Probleme? Also Mama und du, meine ich."

„Nein, natürlich nicht", entgegnete er empört, „wie kommst du denn auf sowas?"

„Nun, ja, ich bin ja schließlich nicht doof.
Die Stimmung letztes Mal war ziemlich unterkühlt zwischen euch. Und wenn ich darüber nachdenke, ist das schon länger so. Ich habe nur nicht darauf geachtet, weil ich mit meinen eigenen Problemen beschäftigt war. Dann hast du mal wieder mit Markus angefangen und das hat mich wütend gemacht.
Im Nachhinein wurde mir allerdings klar, dass da bei euch was ganz und gar nicht in Ordnung ist. Außerdem habe ich es, als ich mit Mutter telefoniert habe, aus ihren Worten rausgehört, dass sie nicht glücklich ist.
Jetzt möchte ich dich nur warnen, weil mein Gefühl mir sagt, dass das nicht mehr lange gutgeht mit euch, wenn du nicht den Hebel rumreißt. Sie wird das nicht mehr lange mitmachen."
Nun war Papa sprachlos, was selten vorkam. Er hatte mich doch tatsächlich ausreden lassen. Das konnte ich nicht glauben. Es war das erste Mal in meinem Leben.

Er starrte eine Zeitlang die rote Tischdecke an, hob dann den Kopf und blickte mir direkt in die Augen.

„So so, dein Gefühl sagt dir das. Du bist doch kaum bei uns? Bist du unter die Hellseher gegangen?"

Ich spürte, wie mir die Hitze in den Kopf schoss, und war nicht in der Lage zu antworten.

Vater, der meine Unsicherheit bemerkt hatte, lenkte ein.

„Vielleicht hast du ja gar nicht so unrecht." Nachdenklich sah er mich an und streichelte mir über die Hand.

„Ich hab dich lieb, auch wenn wir oft Streit haben. Und deine Mutter liebe ich auch. Und du hast recht, vielleicht sollte ich ihr mehr Aufmerksamkeit schenken. Ich möchte doch, dass es euch gut geht." Überrascht blickte ich ihn an und eine Welle der Zuneigung kam in mir auf. Ich liebte meine Adoptiveltern, das wurde mir mal wieder bewusst.

Niemals hatte ich leibliche Eltern vermisst. Das war nie ein Thema gewesen. Nur eine Schwester hatte ich mir immer gewünscht, was seltsam war, denn da gab es schließlich Janina. Ich wandte mich erneut meinem Vater zu, nachdem ich kurz ins Leere gestarrt hatte:

„Tja, ich wollte dich nur warnen, bevor es zu spät ist." Einen Moment lang erwog ich, ihm von den Spiegelerlebnissen zu erzählen, besann mich dann aber anders, da mir klar war, dass er für so etwas kein Verständnis aufbringen würde.

Immerhin hatte ich ihn zum Nachdenken gebracht. Nun wechselte er das Thema. „Was ist denn jetzt mit Markus und dir?"

Ich wollte schon aufspringen und das Lokal verlassen, überlegte es mir aber anders. Das wäre unfair gewesen.

„Nun, was soll ich dazu sagen? Ich weiß es einfach nicht."

Papa musste wohl meine Verzweiflung bemerkt haben.

„Glücklich siehst du nicht aus", äußerte er sich.

„Nein, das bin ich auch nicht. In den letzten Tagen sind in mir große Zweifel aufgekommen, was ein gemeinsames Leben mit Markus angeht."

Ich senkte den Kopf und sagte leise: „Ich glaube, er ist nicht der Richtige für mich."

Mein Vater schwieg und starrte ein Blumenbild an der Wand an, als ob es nichts Interessanteres gäbe. Dann widmete er seine Aufmerksamkeit wieder mir.

„Wenn das so ist, dann solltest du es lassen."

Ich war fassungslos und meinte mich verhört zu haben.

„Du hast schon richtig verstanden", fuhr er fort, als könne er meine Gedanken lesen. „Du darfst ihn unter diesen Umständen nicht heiraten."

Zunächst sprachlos, dann voller Erleichterung, sprang ich auf und fiel ihm um den Hals. Die anderen Gäste schauten zu uns rüber, aber das war mir egal.

„Danke Papa, du weißt gar nicht, wie sehr du mir mit diesem Rat geholfen hast."

Der Kellner räusperte sich. Wir hatten überhaupt nicht bemerkt, dass er mit den bestellten Gerichten an den

Tisch gekommen war. Wir entschuldigten uns und er stellte vor meinem Vater eine Pizza mit Tomaten und Rucola und bei mir ein dampfendes Nudelgericht mit Meeresfrüchten ab.

Wir aßen, redeten, lachten und tranken unseren Wein. Ich fühlte mich so wohl wie schon lange nicht mehr.

Nachdem wir das Lokal verlassen hatten, umarmte ich ihn und sagte: „Das war ein schöner Abend. Vielen Dank dafür. So lange haben wir das nicht mehr gemacht."

Vater strahlte. Leichten Herzens stieg ich ins Auto, das direkt vor dem Eingang geparkt war und fuhr nach Hause. Bestimmt würde alles gut werden, zumindest, was meine Eltern anging.

Am nächsten Morgen - ich hatte noch nicht einmal das Frühstück beendet - klingelte das Telefon.

„So langsam wird es zu Gewohnheit, dass so früh jemand anruft", murmelte ich verärgert vor mich hin. Aber der Ärger wich sogleich dem Entsetzen, darüber, dass meine Mutter mir mitteilte, Oma wäre gestürzt.

„Oh nein, das darf doch nicht wahr sein. Und ich war nicht bei ihr."

„Was redest du denn da? Du kannst doch nicht immer bei ihr sein", äußerte sich meine Mutter irritiert.

„Nein, natürlich nicht. Aber ich wollte schon längst zu ihr gehen und ihr etwas im Haushalt helfen. Ich habe bei meinem letzten Besuch bemerkt, wie sehr ihr die Hüfte zu schaffen macht."

„Da bist du die Letzte, die Schuldgefühle haben muss. Schließlich arbeitest du viel und außerdem ist es meine Mutter. Ich hätte mich mehr um sie kümmern sollen. Aber ich hatte mit mir selbst zu tun", sagte Mama kleinlaut.

Jetzt redete ich ihr gut zu. „Das ist doch Blödsinn. Sie wäre wahrscheinlich trotzdem gerade dann gestürzt, wenn du nicht da gewesen wärst." Mir wurde bewusst, dass ich mit dieser Aussage, auch mich von der Schuld befreit hatte.

„Siehst du", sagte Mutter nur, „du kannst sie ja heute nach der Arbeit besuchen. Ich werde gleich hingehen."

Ich seufzte. „Am besten schließe ich den Laden heute Mittag, denn ich komme gar nicht mehr rum mit den Krankenbesuchen. Jetzt sind es schon Oma, Richard und Rike, die ich besuchen werde. Unglaublich."

„Das ist wirklich heftig", antwortete Mama, „aber kannst du denn so einfach zu machen?"

„Natürlich nicht." Ich schwieg resigniert.

Meine Mutter durchbrach die Stille.

„Dann werde ich dich nicht länger aufhalten, du musst ja zur Arbeit."

Erschrocken stellte ich mit Blick auf die Uhr fest, dass es tatsächlich Zeit wurde. Es war schon nach acht.

„Aber eins muss ich noch loswerden", fuhr sie fort, „dein Vater war heute Morgen wie umgewandelt. Er möchte heute Abend mit mir Essen gehen. Er hat mir erzählt, dass er sich gestern mit dir getroffen hat. Was ist passiert? Habe ich etwas verpasst?"

Ich musste schmunzeln. „Nein, aber sei doch froh. Wir hatten einfach einen schönen Abend. Vielleicht hat Papa festgestellt, dass er so etwas öfter erleben möchte. Und heute eben mit dir." Mit dieser Erklärung schien sie sich zufriedenzugeben.

Erleichtert, darüber und dass meine Mutter sich nachher um Oma kümmern würde, beendete ich das Frühstück, duschte im Eilverfahren und fuhr in die Nordstadt zum Buchladen.

Um 17:00 Uhr fand meine Anspannung keine Grenzen mehr. Ich hängte ein Schild „Geschlossen" an die Eingangstür und machte mich auf den Weg ins Krankenhaus. Unentschlossen stand ich in der Eingangshalle. Wen sollte ich zuerst besuchen? Die Entscheidung fiel mir leicht. Großmutter war der wichtigste Mensch in meinem Leben, Papa und Mama ausgenommen. Außerdem wusste ich von ihr am wenigsten, wie es ihr ging. An der Anmeldung erkundigte ich mich, in welchem Zimmer sie lag, und fuhr dann mit dem Fahrstuhl in das zweite Stockwerk. Ich hätte die Treppen nehmen sollen, schoss es mir durch den Kopf. Für Sport blieb einfach keine Zeit mehr. Sofort meldete sich mein schlechtes Gewissen.

Am richtigen Zimmer angekommen, klopfte ich zaghaft an die Tür. Als von drinnen nichts zu hören war, drückte ich den Türgriff herunter und schaute vorsichtig hinein. Meine Großmutter schlief. Sie war in einem Zweibettzimmer untergebracht, aber das andere Bett war leer und mit Folie bezogen.

Mit leisen Schritten näherte ich mich meiner schlafenden Oma. Da wachte sie schon auf und strahlte.

„Hallo meine Kleine. Wie schön, dass du kommen konntest."

Mir standen die Tränen in den Augen, sie sah so hilflos aus. Ich umarmte sie innig. Ich wollte mir einen Stuhl holen, aber sie klopfte, resolut, wie sie war, auf den Bettrand. „Setze dich hierhin. Da hab ich mehr von dir."

Das ließ ich mir nicht zweimal sagen.

„Was machst du denn für Sachen?"
Fragend sah ich sie an. „Hast du dir was verletzt?"

„Mein Oberschenkelhalsknochen ist gebrochen und muss operiert werden", antwortete sie betrübt.
Erschrocken schaute ich sie an, wusste ich doch, dass in ihrem Alter viele Leute nach so einem Bruch nie mehr laufen konnten.
Oma hatte, wie immer, meine Gedanken erraten.

„Du brauchst keine Angst haben. Ich bin zäh und komme wieder auf die Füße."

„Davon bin ich überzeugt", erwiderte ich und konnte mir ein Lächeln nicht verkneifen.

„Und ich werde dir dabei helfen. Du wirst mich dann jeden Tag ertragen müssen."

„Das werden wir sehen. Du hast doch wirklich genug zu tun. Aber jetzt erzähle mir lieber, was sich bei dir in den letzten Tagen so getan hat?"
Fragend ruhte ihr Blick auf mir.

„Oh, ich weiß nicht, ob ich dich jetzt damit belasten soll."

„Auf jeden Fall." Meine Großmutter streichelte mir über den Handrücken und nickte ermutigend.

Ich seufzte ergeben und legte los. Angefangen bei Richard, dann von Rike und Markus, bis hin zu den Problemen meiner Eltern, berichtete ich alles, was mir auf dem Herzen lag.

Als ich geendet hatte, sagte Oma: „Ach du liebe Güte. Du Arme, das erleben andere in fünf Jahren nicht. Ich denke, alles wird sich regeln.“

Skeptisch sah ich sie an.

„Aber eines darfst du auf keinen Fall tun...“

„Was denn?“, unterbrach ich sie.

„Markus heiraten.“

„Das ist mir in den letzten Tagen auch klar geworden.“

„Und, was ist eigentlich mit Felix? Du hast ihn gar nicht erwähnt?“

„Was soll mit ihm sein?“, fragte ich, obwohl ich natürlich wusste, auf was sie hinauswollte.

Sie schmunzelte. „Du weißt genau, was ich meine.“

Auf einmal fiel es mir wie Schuppen von den Augen. Ich schaute meine Großmutter an, als ob ich sie noch nie gesehen hätte, und stammelte: „Du, du hast recht. Deshalb war er so komisch. Er war eifersüchtig. Wie konnte ich nur so blind sein.“

„Nun, so ist das manchmal im Leben. Es läuft nicht immer alles nach Plan. Felix war immer da gewesen, wenn du ihn gebraucht hast. Bei dir ist es nicht blind vor Liebe, sondern blind für die Liebe." Oma tätschelte meine Hand.

„Und jetzt solltest du gehen, und dich schnellstens um diese Angelegenheit kümmern."

Sie machte eine Handbewegung Richtung Tür, um mir zu signalisieren, dass meine Anwesenheit hier nicht mehr länger erwünscht war. Ich gehorchte, fragte aber noch, wann ihre Operation stattfinden sollte.

„Morgen, gleich um sieben."
Ich drückte sie ganz fest zum Abschied und versprach, am nächsten Tag gegen Mittag wieder an ihrem Bett zu sitzen.

„Komm nicht zu früh", ermahnte sie mich, „so schnell werde ich nicht hier im Zimmer sein."

„Macht nichts, morgen habe ich Zeit, es ist Samstag und es gibt noch zwei weitere Patienten, die ich in der Zwischenzeit besuchen kann."

Ich verließ den Raum, um ein Stockwerk höher zu gehen, auf dem sich Rikes Krankenzimmer befand.
Richard hob ich mir bis zum Schluss auf.
Mit einer Blässe, die an ein weißes Leintuch erinnerte, sah sie mir entgegen. Ich eilte zu ihr und umarmte sie innig. „Meine Güte, was hast du uns für einen Schrecken eingejagt."
Rike schaute mich mit großen Augen an, bevor sie antwortete. „Ich kann es auch immer noch nicht fassen.

Niemals hätte ich ihn verdächtigt, so etwas zu tun."

„Das kann sich ja auch niemand vorstellen", erwiderte ich. „Wie konnte er das nur machen?"

„Ich glaube, ihm ist klargeworden, dass ich mir meine Zukunft ohne ihn vorgestellt habe. Hin und wieder erwähnte ich das. Er ist ein Narzisst. Leider habe ich das erst spät bemerkt." Erschöpft ließ sie sich zurück ins Kissen sinken. Ich hatte tiefstes Mitleid mit ihr.

„Ich glaube, du musst dich ausruhen. Ich werde morgen wieder kommen."

„Warte noch einen Moment. Ich weiß gar nicht, wie ich dir danken kann. Du hast mir das Leben gerettet."

„Erstens ist das selbstverständlich, ich hätte es mir nie verziehen, wenn dir etwas passiert wäre.
Und zweitens war ich es nicht alleine. Meinst du denn, er hätte dich umgebracht?"

„Ich weiß es nicht. Allerdings wüsste ich nicht, wie er sonst aus der Sache wieder rausgekommen wäre. Lange hätte ich nicht mehr durchgehalten. Er hat mir zwar kein Gift mehr gegeben, aber nichts zu essen und nur wenig Wasser."
Das Entsetzen muss mir ins Gesicht geschrieben gewesen sein, denn Rike streckte ihre Hand aus und strich mir über die Wange. „Es ist ja alles gutgegangen. Entspann dich meine Liebe."
Ich seufzte und sie fuhr fort: „Ich hätte da noch eine

Bitte."

„Klar, was immer du möchtest."

„Wenn ich hier herauskomme...

Ich habe keine Ahnung, wo ich hin soll. Zurück in die gemeinsame Wohnung kann ich nicht. Und zu meiner Mutter ebenfalls nicht, denn ich kann mir vorstellen, dass Jürgen uns da belästigen wird. Ich habe keine Ahnung, wo er sich gerade befindet. Selbst wenn er im Gefängnis sein sollte, wer weiß denn schon wie lange und vor allem, ob er sich bis zur Verhandlung auf freiem Fuß befindet."

Nachdenklich starrte ich vor mich hin und erwiderte schließlich: „Sicher würde er dich nicht in Ruhe lassen. Der ist doch krank. Und gefährlich. Leider habe ich auch keine Ahnung, ob, wann und vor allem, wie lange sie ihn einsperren. Natürlich kannst du bei mir unterschlupfen." Dabei hatte ich allerdings ein mulmiges Gefühl, denn mir war klar, dass er auch bei mir auftauchen würde, wenn er die Gelegenheit dazu hatte.

„Danke, du bist ein Schatz. Es ist nur für ein paar Tage, dann überlege ich mir, wie es weitergeht", murmelte sie vor sich hin und schlief dabei ein.

Ich zog ihre Zudecke ein bisschen höher, weil es nicht allzu warm im Raum war, und verließ leise das Zimmer. Und wieder fragte ich mich, was denn um Himmels willen in meinem Leben los war.

Bei Richard angekommen, ließ ich mich, nachdem ich ihn mit Handschlag begrüßt hatte, müde auf den Stuhl am Tisch fallen. So konnte ich etwas Abstand wahren. Mir schwirrte immer noch sein seltsames Verhalten bei meinem letzten Besuch im Kopf herum.

Und wieder sah er mich so komisch verliebt an. Das konnte ich mir doch unmöglich einbilden.

Hektisch begann ich los zu plappern: „Bevor du fragst, es läuft alles super."

Er lächelte. „Ich habe nichts anderes erwartet. Übrigens, am Montag werde ich entlassen. Ich bin gut eingestellt. Die Ärzte waren selbst überrascht, wie schnell das ging. So kann ich nach Hause gehen und ambulant an einer Diabetesschulung teilnehmen."

„Das freut mich."

Ich war erleichtert, dass die alleinige Verantwortung für den Buchladen von mit genommen wurde.

Vielleicht konnte ich sogar ein paar Tage Urlaub nehmen. Das wäre in Anbetracht der Tatsache, dass Rike zunächst bei mir einziehen würde, ganz gut.

Wir plauderten noch eine Weile. Nichts deutete mehr darauf hin, dass mein Chef irgendwelche Gefühle für mich hegte. Also wahrscheinlich doch Einbildung, dachte ich mir. Selbst beim Abschied blieb er förmlich. Ich war erleichtert. Ein Problem weniger.

Kapitel 14

Eigentlich sollte ich nach drei Krankenbesuchen schleunigst heimfahren und mir meine wohlverdiente Ruhe gönnen, aber ich war zu aufgedreht. Zuviel ging mir im Kopf herum. Vor allem die Erkenntnis, dass Felix eben doch mehr als nur ein Jugendfreund war.

Eines nach dem anderen redete ich mir gut zu.

Ich wusste, dass bei meinen Aktionen schnell alles im Chaos enden konnte. Das wollte ich unbedingt vermeiden. Deshalb sollte das zuallererst mit Markus geklärt werden. Ich musste ihm schonend beibringen, dass unsere Beziehung endgültig beendet sei. Ich fuhr durch die Goldstadt, Richtung Arlinger.

Dort angekommen bog ich rechts von der Arlingerstraße ab, die weiter nach Birkenfeld führte. Als ich die Wiesen und Felder sah, die sich am Ortsrand erstreckten, wurde ich ein bisschen wehmütig. Hier hätten Markus und ich nach unserer Hochzeit in seiner modernen hundert Quadratmeter großen Wohnung gelebt.

Mein Vater hätte mich dort lieber gesehen, als in der Oststadt nahe am Bahnhof. Aber ich wohnte gerne in der gemütlichen Behausung, fünf Minuten vom Arbeitsplatz entfernt. Im Gegensatz zu einigen Bekannten, die es in ländlichere Gegenden zog. Ich parkte auf dem Parkstreifen und näherte mich mit klopfendem Herzen dem Mehrfamilienhaus.

Nachdem ich gefühlte zehn Mal geklingelt hatte, beruhigte sich mein Herzschlag wieder. Mist. Ich hätte vorher anrufen sollen. Markus war nicht zuhause.

Frustriert machte ich mich auf den Rückweg.

Nun würde es doch einen ruhigen Abend geben. Denn zu mehr war ich heute nicht in der Lage.

Als ich die Treppen zu meiner Wohnung erklomm, gestand ich mir ein, froh darüber zu sein, meinen Freund nicht angetroffen zu haben. Oben angekommen, erstarrte ich. Da lehnte niemand anders als Markus an der Wohnungstür. Mit finsterem Blick begrüßte er mich. „Wo um alles in der Welt hast du den ganzen Tag gesteckt?“

Nach kurzer Sprachlosigkeit sagte ich: „Also erstmal habe ich gearbeitet. Anschließend war ich im Krankenhaus...“

„Ist ja schon gut.“ Er sah etwas milder gestimmt aus. Aber warum entschuldigte ich mich überhaupt.

„Es ist nur so, ich habe die ganze Zeit versucht, dich zu erreichen...“

„Oh stimmt“, unterbrach ich ihn, mit Blick auf mein Handy. „Der Akku ist leer. Sorry.“

„Kann passieren.“ Anscheinend tat ihm sein unangebrachtes Verhalten leid. Um es wieder gutzumachen, kam er einen Schritt näher. Als er mich in seine Arme schließen wollte, schob ich ihn allerdings sanft von mir weg.

„Komm erst mal rein. Ich muss mit dir sprechen.“ Dass er Böses ahnte, sah ich ihm an, aber jetzt gab es kein Zurück mehr. Es war eine unangenehme Situation. Ich stand mitten im Wohnzimmer und Markus tat es mir gleich. Auch er machte keinen entspannten Eindruck und ließ sich nicht wie gewohnt auf der Couch nieder. Erwartungsvoll, mit gerunzelter Stirn schaute er mich an. „Was möchtest du mir denn Wichtiges sagen? Hast du etwas angestellt?“
Unglaublich, was dachte sich Herr Supermann eigentlich. Dass er unmöglich der Schuldige an irgendeiner Situation sein konnte und unfehlbar war? Ich nahm meinen ganzen Mut zusammen.

„Natürlich habe ich nichts angestellt“, flüsterte ich krächzend, weil es mir für einen Moment die Stimme weggenommen hatte. Ich räusperte mich.

„Vielleicht hast du es ja auch schon bemerkt...“
„Was?“
„Wir passen einfach nicht zusammen.“
Nun verschlug es ihm doch tatsächlich die Sprache, was selten vorkam.

„Ich möchte mein Leben nicht so verbringen“, fuhr

ich fort.

„Wie meinst du das?“

„Nun, mit jemandem, mit dem ich nicht zusammen passe“, druckste ich herum. Mein Herz klopfte bis zum Hals. Hoffentlich war es bald vorbei. Ich wünschte mir nur, dass Markus endlich gehen würde, sosehr ich ihn auch mal geliebt habe. Wenn es überhaupt Liebe gewesen war, kamen mir Zweifel, denn ich fühlte nichts.

Mein Freund, nein, mein Ex-Freund, schließlich hatte ich gerade Schluss gemacht, hatte inzwischen ein vor Zorn gerötetes Gesicht. Einen Moment lang glaubte ich, dass er auf mich losgehen würde. Aber das hätte nicht zu dem Menschen gepasst, der seine Gefühle stets unter Kontrolle hatte. Schnell fasste er sich wieder und äußerte sich in eiskaltem Tonfall: „Und das hat nichts mit Felix zu tun?“

Zunächst wollte ich den Kopf schütteln, überlegte es mir aber anders. „Es könnte sein.“ Ich senkte den Blick und starrte den Fußboden an. Ich konnte ihm jetzt nicht in die Augen sehen. Dann zuckte ich zusammen, weil die Tür mit lautem Knall zugefallen war. Markus hatte die Wohnung ohne weitere Worte verlassen.

Seufzend ließ ich mich aufs Sofa fallen. Komischerweise empfand ich nichts als Erleichterung. Aber zur Ruhe konnte ich nicht kommen, im Gegenteil, ich war total aufgewühlt. Daran war auch die Tatsache schuld, dass ich nun Klarheit über meine Gefühle hatte und endlich mit Felix sprechen wollte. Ich wusste ja nicht, wie er darüber dachte. Aber war das jetzt der richtige Zeitpunkt dafür? Resigniert schlich ich ins Badezimmer und schaute den Spiegel an.

„Bitte sprich mit mir. Was meinst du? Soll ich zu Felix fahren?"

Ich hatte nicht einmal mehr ein komisches Gefühl, wenn ich den Rat meines Spiegels holte. Das kam mir inzwischen normal vor. Früher hatte ich mit meiner imaginären Schwester gesprochen und heute eben mit dem Badezimmerspiegel. Was war schon dabei? Aber leider schwieg er.

„Wahrscheinlich spricht der nur morgens mit mir", murmelte ich vor mich hin und kam mir nun doch etwas bescheuert vor.

„Ich brauche deinen Rat gar nicht", schleuderte ich ihm zornig entgegen. „Ich fahre zu Felix. Jetzt gleich."

Ich sprintete zu meinem Auto und fuhr los. Durch die Nordstadt, Richtung Ispringen, in den Ort, in dem Felix wohnte. Wo waren denn die vielen Menschen, die normalerweise am Freitagabend unterwegs waren?

So ausgestorben war es hier am Wochenende selten. Wahrscheinlich räumten die Leute ihre Einkaufstaschen in die Küchenschränke und gingen dann aus.

Es war ja erst 21:00 Uhr. Als ich am Hauptfriedhof vorbeifuhr, dachte ich, dass ich mal wieder zum Grab meines Opas gehen sollte. Dunkel lagen die Gärtnerei und der Parkplatz vom Friedhof auf der rechten Seite. Bei der Düsternis sah das nicht so einladend aus. Fröstelnd zog ich die Schultern hoch, nahm mir aber fest vor, demnächst hinzugehen. Ich fand einfach nicht den richtigen Bezug zu der Urnenwand, in der die Urne meines Opas eingemauert war. Bei der Vorstellung schauderte es mich. Dort wollte ich auf keinen Fall enden. Schnell landeten meine Gedanken wieder in der Zukunft und somit bei Felix.

Ich fuhr weiter bis zum Ortsschild von Ispringen, um danach in die erste Straße rechts abzubiegen. Erneut machte sich Herzklopfen bemerkbar. In diesem Zustand konnte ich unmöglich dort ankommen. Kurzentschlossen stellte ich das Auto in der erstbesten Parkmöglichkeit ab und stieg aus. Drei oder vier Minuten laufen würde mir guttun. Außerdem konnte man bei Felix schlecht parken. Tatsächlich beruhigte ich mich etwas. Die Freude darüber, endlich das Gefühlschaos in Ordnung bringen zu können, tat gut.

Voller Erwartungen, aber auch mit leisen Zweifeln, marschierte ich vorwärts. Wie Felix wohl auf meine Liebeserklärung reagieren würde? Schließlich waren wir bis jetzt immer wie Bruder und Schwester gewesen.

Gleich hatte ich es geschafft. Da vorne war die Straße, in der mein hoffentlich Zukünftiger wohnte. Ich kam gerade um die Ecke, da blieb ich auch schon wieder, starr vor Schrecken, stehen und ging langsam zurück hinter die sichere Hauswand des Eckhauses. Das konnte es doch jetzt wirklich nicht geben. Das durfte einfach nicht wahr sein.

Voller Entsetzen machte ich mich auf den Rückweg zum Auto. Das, was ich gesehen hatte, war eindeutig Felix gewesen, der da gerade das Haus verlassen hatte, den Arm um eine Frau in unserem Alter gelegt. Meine Güte, wie konnte ich bloß so blauäugig sein. In letzter Zeit hatte ich mich etwas rargemacht und ihn in der Meinung gelassen, dass ich bald heiraten würde. Warum um alles in der Welt sollte dann ein Mann wie er sich nicht anderweitig vergnügen? Das war doch logisch.

Am Ende meiner Nerven kam ich wieder zuhause an, trippelte unruhig hin und her. Vom Wohnzimmer in die Küche, von dort aus ins Schlafzimmer und zurück. Schließlich ließ ich mich resigniert auf die Couch fallen, griff nach dem Telefon und wollte, wie ich hoffte, die Rettung in der Not anrufen. Wozu hatte man beste Freundinnen, wenn Kathi auch in letzter Zeit etwas seltsam gewesen war.

Ich begann ihre Nummer einzutippen, als es klingelte.

Auf dem Display erschien „Kathi".

Na wer sagt's denn? Wenn das keine Telepathie war. Freudig nahm ich das Gespräch entgegen. „Hey Kathi, wie schön. Ich wollte mich gerade bei dir melden."

„Ja", kam es zögernd zurück.

„Gibt´s was Neues bei dir?", fragte ich, weil Schweigen am anderen Ende herrschte.

„Hast du dein Ergebnis von der Biopsie inzwischen bekommen?"

„Ja, ich war heute bei Doktor Eber. Es ist so, die Biopsie war nicht eindeutig. Es ist kein Krebs, aber er meinte, es wäre besser, wenn wir den Knoten rausoperieren würden, da das Gewebe sich verändern könnte und dann wären wir auf der sicheren Seite."

„Oh, das tut mir leid."

„Nein, das muss es nicht. Schließlich habe ich mit Schlimmerem gerechnet. Und im Moment ist ja auch nichts Bösartiges feststellbar. Ich muss also keine Chemotherapie oder Sonstiges machen."

„Okay, dann bin ich beruhigt. Soll ich zu dir oder magst du zu mir kommen? Ich könnte auch ein bisschen Trost und Unterhaltung brauchen."

„Echt", kam es etwas lahm zurück, „es ist ja schon 22:00 Uhr und ich bin hundemüde. Wollte eigentlich gerade ins Bett gehen."

Das konnte und durfte doch jetzt nicht wahr sein. Kathi

war ein Nachtmensch. Nicht einmal gefragt hatte sie, was ich denn für Sorgen und Probleme habe.

Wenn man mal jemanden brauchte. Ich war enttäuscht und erwiderte etwas ruppig: „Okay, dann wünsche ich dir eine gute Nacht", und legte auf.

Mehr Kummer benötigte ich heute wirklich nicht.

Kapitel 15

Am Montagmorgen saß ich total ausgelaugt im Buchladen. Den ganzen Sonntag hatte ich nichts gemacht, außer mich auszuruhen, nicht einmal ein Telefongespräch entgegengenommen. Ich wollte nur meine Ruhe haben. Trotzdem war ich nicht erholt. Oder gerade deswegen. Keine Ahnung.

Demnächst würde Richard ankommen. Er war heute Morgen aus der Klinik entlassen worden. Vielleicht konnte ich mich dann etwas entspannen, wenn diese Verantwortung weg wäre. Mein Handy klingelte und die Freude war groß, als ich sah, dass es Rike war.

„Hallo Kleine, wie sieht's aus?"

„Ich darf morgen nach Hause", kam die freudige Antwort, „wenn du es dir nicht anders überlegt hast, würde ich dann bei dir aufschlagen."

„Natürlich, ich freue mich doch, dich eine Weile bei mir zu haben."

Rike hörte sich so munter wie eh und je an. Pure Erleichterung breitete sich in mir aus.

„Weißt du was? Mein Chef ist wieder da. Ich frage

ihn, ob ich einen Tag freinehmen kann. Vorausgesetzt, es geht ihm gut. Mal schauen. Im Notfall tut es auch der Vormittag. Dann kann ich dich zumindest abholen, wir haben ein bisschen Ruhe und können zusammen Mittag essen."

„Das wäre super, wir können…"

„Ah, da kommt Richard schon", unterbrach ich sie, „also, gib mir Bescheid, wann du entlassen wirst. Ich muss Schluss machen. Wir können ja heute Abend nochmal telefonieren."

„Alles klar, mach ich. Ciao."

Mein Chef betrat das Geschäft durch den Vordereingang, noch bevor er in seine Wohnung ging, zu der sich die Tür im Hof befand. Er konnte aber auch durch sein Büro direkt in den Hausgang gelangen.

„Hallo Feli", begrüßte er mich gut gelaunt, „ich bin wieder da."

„Das sieht man. Du siehst gut aus", erwiderte ich, da ich nicht wusste, was ich sonst hätte sagen sollen.

Eine Spannung lag zwischen uns, die wahrscheinlich darauf zurückzuführen war, wie er sich mir gegenüber in seinem Krankenzimmer verhalten hatte.

Da war immer noch eine gewisse Verunsicherung bei mir. Bei ihm schien es ähnlich zu sein. Er zögerte.

„Ich bring dann mal mein Gepäck nach oben, komme aber gleich wieder runter ins Büro. Wenn gerade keine

Kundschaft da ist, würde ich gerne etwas mit dir klären. Komm doch dann bitte ins Büro, wenn du Zeit hast." Beklommen schaute ich ihn an. „Klar, mach ich."

Die Ladentür öffnete sich und es kam eine Kundin herein. Froh darüber, eilte ich auf die junge Frau zu und fragte, ob ich ihr behilflich sein könnte. Sie war auf der Suche nach einem Kochbuch. Ich zeigte ihr das entsprechende Regal, in dem wir einige Exemplare vorrätig hatten. Nachdem sie sich für eines davon entschieden und ich ihr ein weiteres bestellt hatte, schaute sie sich noch etwas um.

Eine halbe Stunde später, mein Chef war längst aus seiner Wohnung zurückgekehrt, die sich über dem Buchladen befand, wurde ich immer unruhiger.

Nach einer gefühlten Ewigkeit, denn nun wollte ich unbedingt wissen, was Richard mir zu sagen hatte, verließ die Kundin den Laden. Ich klopfte an die Bürotür, die nur angelehnt war, und trat ein. Nachdenklich sah er mich an, nachdem ich im Sessel, der seinem Schreibtisch gegenüberstand, Platz genommen hatte. Er schien nervös zu sein und fuhr sich durch die kurzen Haare.

„Wir hören ja wenn es klingelt", sagte er unnötigerweise. Ich schwieg und wartete, was da jetzt kommen würde.

Er seufzte. „Ich wollte nur was zwischen uns klarstellen", stammelte er etwas unbeholfen, „ich war so froh

im Krankenhaus, als du mich besucht hast und dass alles gut ausgegangen ist. Außerdem schätze ich dich und deine Arbeit hier sehr. Ich mag dich auch als Mensch, also als Freundin", druckste er herum.
Ich rutschte unruhig auf meinem Sessel hin und her und wagte es nicht, ihn zu unterbrechen.

„Da hatte ich dann so eine Gefühlswallung", fuhr er fort, „aber, ich wollte dir nur sagen, damit du nicht was in den falschen Hals bekommst, ich habe keine anderen Gefühle für dich als Freundschaft. Puh, nun ist es raus."
Richard hatte inzwischen einen hochroten Kopf.
Ich atmete tief durch und sprang erleichtert auf.

„Dann ist ja alles gut. Du bist mir ebenfalls sehr wichtig und mehr ist da bei mir auch nicht." Ich strahlte und man sah ihm die Erleichterung an. Ein Problem weniger, dachte ich und eilte, erlöst durch die Tür-glocke, in den Verkaufsraum. Wenn doch die anderen Probleme genauso einfach zu lösen wären.
Bevor wir Feierabend machten, fragte ich meinen Chef wegen Urlaub für den nächsten Tag. Wir einigten uns darauf, dass ich bis mittags frei hätte und ab 15:00 Uhr, wenn das Geschäft wieder öffnen würde, auf Abruf bereit wäre. Zufrieden mit der Lösung, aber noch aus-gelaugter als am Vormittag fuhr ich heim. Was kein Wunder war, denn schließlich lief in meinem Leben im

Moment nichts normal. Ich sehnte mich nach ein wenig Ruhe.

Wie konnte es anders sein? Kaum hatte ich meine Jacke an die Garderobe gehängt, klingelte es. Ich fragte nicht lange nach, sondern drückte auf den Türöffner. Mochte kommen, wer wollte. Mich konnte nichts mehr erschüttern. Dachte ich zumindest, aber ich sollte mich irren.

„Hi Kathi." Die Freude war groß, als ich sah, dass es meine beste Freundin war. Komischerweise war sie erstaunlich zurückhaltend.

„Komm doch rein." Ich machte einen Schritt auf die Seite.

„Ja, natürlich." Zögernd ging sie an mir vorbei ins Wohnzimmer, ließ sich aber nicht wie gewohnt aufs Sofa fallen, sondern setzte sich steif auf einen Stuhl am Esstisch. „Ich möchte mit dir reden", sagte sie kleinlaut.

„Ist was passiert", wollte ich erschrocken wissen, weil sie total blass aussah. Sie nickte und senkte den Blick. „Ich muss dir was sagen."

„Dann schieß mal los." Böses ahnend wartete ich. Was für ein Tag.

„Es tut mir furchtbar leid." Sie konnte mir nicht in die Augen schauen.

„Ich habe dich angelogen, es…"

„Inwiefern?“

„An dem Morgen, als du mich gefragt hast, ob Markus da war, habe ich das ja nicht abgestritten, aber es war gelogen, dass da nichts zwischen uns gewesen ist.“

„Jetzt komm doch mal auf den Punkt“, forderte ich Kathi unwirsch auf.

„Es war wirklich nur ein einziges Mal“, sagte sie so leise, dass es kaum zu verstehen war.
Ich schaute sie fassungslos an.

„Okay.“ Ich war nicht fähig, mehr dazu zu sagen. Was mich erschütterte, war nicht die Tatsache, dass es passiert war, sondern dass meine Freundin gelogen hatte.

„Warum?“, fragte ich tonlos.

„Ich weiß es nicht.“
Sie weinte, aber ich konnte gerade kein Mitleid mit ihr haben.

„Er kam zu mir, um sich wegen dir auszuheulen. Ich empfand schon länger etwas für ihn, wollte mir das nur nicht eingestehen. Unter normalen Umständen hätte ich das nie getan. Du bist schließlich meine beste Freundin. Aber, was soll ich sagen. Er war da, bereit sich mit mir einzulassen, wenn auch aus anderen Gründen, als ich gehofft hatte. Außerdem redete ich mir das Ganze schön und sagte mir, dass du ihn ja gar nicht mehr wolltest. Es hat sich dann halt so ergeben.“

„Einfach so ergeben“, plapperte ich aufgewühlt nach. Ich war fassungslos. Es dauerte eine Weile, bis ich mich gefangen hatte. Inzwischen schaute Kathi mir auch wieder in die Augen.

„Ich kann es einfach nicht glauben. Wir haben uns doch immer alles gesagt. Warum dieses Mal nicht?“

„Ich wollte mir das doch selbst nicht eingestehen.“

„Und wie soll es nun weitergehen?“

Sie zuckte mit den Schultern. Irgendwie tat sie mir leid. Außerdem waren da bei mir keine Gefühle mehr für Markus.

„Ich habe gestern mit ihm Schluss gemacht“, unterbrach ich die Stille.

Ungläubig starrte sie mich an. „Du hast was? Aber er liebt dich, das ist mir klargeworden. Ich bin nur eine Option für ihn, wenn er dich nicht haben kann. Für mich käme das sowieso nie in Frage, denn ich könnte dir so nicht mehr in die Augen schauen. Außerdem hat er mich gnadenlos fallen lassen, nachdem du ihm gesagt hast, dass du ihn heiraten wirst. So einen Mann brauche ich auch nicht.“

Ich seufzte, machte einen Schritt auf sie zu und legte meine Hand auf ihre Schulter. „Ich trage dir nichts nach, aber ich muss zugeben, ich bin enttäuscht, dass du nicht ehrlich zu mir warst. Allerdings kannst du froh sein, Markus´ schlechte Seite rechtzeitig entdeckt zu haben. Was mich angeht, ich brauche jetzt erst einmal ein bisschen Abstand, aber ich möchte nicht, dass unsere Freundschaft kaputtgeht."

Kathi schien erleichtert und nickte wortlos.

Dicke Tränen liefen ihr über die Wangen.

„Melde dich, wenn du soweit bist." Mit diesen Worten verließ meine beste Freundin die Wohnung.

Nun war ich restlos erschüttert. Mein ganzes Leben erschien mir im Moment wie ein Trümmerhaufen.

Rike und ich saßen vor dem Supermarkt im Auto. Wir wollten die notwendigsten Lebensmittel für ein schnelles Mittagessen einkaufen.

„Du kannst ja kurz warten. Bin gleich wieder da." Als mein Blick Rike streifte, bemerkte ich, dass sie ängstlich aussah. Wie dumm von mir, dass ich nicht daran gedacht hatte. Logischerweise durfte sie jetzt nicht allein hierbleiben. Es könnte ja sein, dass Jürgen uns gefolgt war. Mit Schrecken fiel mir ein, was der Spiegel heute Morgen gesagt hatte. Vorsicht. Nur das eine Wort, mehr nicht. Ich sollte die Warnung ernst nehmen.

„Bist du fit genug um mitzukommen?", fragte ich deshalb.

„Na klar, besser als hier alleine sitzen zu bleiben." Sie lächelte gequält.

„Gut, dann komm. Lass uns ein paar Sachen kaufen und dann gehen wir nach Hause in den sicheren Hafen."

„Ob das so sicher sein wird?", entgegnete Rike skeptisch. Ich musste ihr Recht geben, blieb ihr aber eine Antwort schuldig. Ich wusste nicht, wie das weitergehen sollte. Auf jeden Fall ist sie bei mir besser aufgehoben, als bei ihrer Mutter, hing ich im Stillen meinen Gedanken nach.

„Der soll nur kommen und versuchen, sich mit mir

anzulegen“, murmelte ich, mutiger als mir zumute war, vor mich hin.

„Was hast du gesagt?“, wollte Rike wissen.

„Nichts Wichtiges.“ Ich zwinkerte ihr zu, betrat den Einkaufsladen und sie folgte mir. Eine knappe Stunde später kamen wir in meiner Wohnung an.

Ich fing sogleich an zu kochen. Wir hatten uns für Spaghetti mit Tomatensoße und Schafskäse entschieden. Das ging immer und war schnell zubereitet. Schließlich konnte es sein, dass ich am Nachmittag arbeiten musste.

Rike hatte es sich in der Zwischenzeit auf dem Sofa bequem gemacht, um sich etwas auszuruhen. Es ging ihr schon viel besser. Aber ganz die Alte war sie noch nicht. Ich würde warten, bis sie das Thema aufgriff, wie es weitergehen solle.

Das tat sie dann, kaum dass wir den letzten Bissen gegessen hatten. „Du brauchst keine Angst haben, ich falle dir nicht ewig auf die Nerven.“

„Aber das tust du doch überhaupt nicht.“

„Das weiß ich doch.“ Sie seufzte. „Aber ich kann ja hier nicht mal mehr auf die Straße gehen, ohne in Panik zu verfallen. Niemals hätte ich mir vorstellen können, solche Angst vor Jürgen zu haben. Mir ist schon aufgefallen, dass er sich in letzter Zeit negativ verändert hatte. Er war öfters mal aggressiv, aber nur verbal. Dass er zu sowas fähig ist, hätte ich ihm niemals zugetraut.“

„Ich auch nicht“, musste ich zugeben.

„Meinst du denn nicht, dass er zumindest in Untersuchungshaft ist?“

„Da bin ich mir nicht so sicher. Wenn keine Fluchtgefahr besteht, könnte ich mir vorstellen, dass er sich bis zur Verhandlung wieder frei bewegen darf.“

„An was denkst du?“, fragte ich nach einer Weile, da Rike so nachdenklich aussah.

„Ja, also, ich wollte fragen, ob meine Mama hierherkommen könnte, um mich zu besuchen?“

„Natürlich, was für eine Frage. Es kann allerdings sein, dass Jürgen ihr folgt. Aber der kann ja nicht einfach hier eindringen. Sie soll halt vorsichtig sein. Vielleicht am besten gleich heute Nachmittag. Denn wahrscheinlich gehe ich noch ein paar Stunden arbeiten. Dann bist du nicht alleine und ihr könnt euch in Ruhe unterhalten.

„Perfekt, ich rufe sie gleich an und gebe ihr Bescheid. Auf jeden Fall, was ich noch sagen wollte, ich werde mich hier bei dir ein paar Tage erholen und dann weggehen.“

Mit großen Augen sah ich sie an. „Wohin denn?“

„Irgendwohin. Und ich werde es niemandem sagen. Auch dir nicht.“ Sie nickte bekräftigend.

„Oh.“ Mehr fiel mir dazu nicht ein.

„Nun ja“, lenkte sie ein. „Nach einer gewissen Zeit werde ich mich per E-Mail bei dir melden.“
Erleichtert atmete ich auf.

„Ich habe auch schon gekündigt“, fuhr sie fort, „ich werde mein Erspartes nehmen und mir irgendwo ein neues Leben aufbauen.“

„Das klingt ja wie im Zeugenschutzprogramm.“
Ich bekam Gänsehaut.

„Naja, ganz so ist es natürlich nicht. Aber Jürgen wird mich nicht finden, da bin ich mir sicher.“

„Dann bist du aber völlig alleine“, äußerte ich mich entgeistert.

„Nicht ganz, ich habe mit einer alten Bekannten, die vor vielen Jahren dorthin gezogen ist, Kontakt aufgenommen. Sie wird mir zur Seite stehen.“
Ich musste wohl sehr bekümmert ausgesehen haben, denn Rike versuchte, mich zu trösten.

„Es wird ja nicht für ewig sein. Ich werde mich regelmäßig über Jürgen informieren. Vielleicht, wenn Gras über die ganze Sache gewachsen und er wieder normal geworden ist...“
Ich unterbrach sie. „Glaubst du denn, dass er mal wieder normal, wie du dich ausgedrückt hast, werden könnte?“

„Vielleicht nach einer gewissen Zeit. Es kann ja sein,

dass er eine andere Frau kennenlernt. Ich habe schließlich auch lange nicht gemerkt, wie er tickt. Und hätte ich nicht von Trennung gesprochen… wer weiß, dann wäre eventuell alles noch beim Alten. Wahrscheinlich war ich einfach nicht die Richtige für ihn.“

„Das glaubst du doch selbst nicht. Der Typ ist doch nicht ganz richtig im Kopf.“

„Ja, vielleicht hast du recht. Lass uns das Thema wechseln.“

Da ich sah, wie mitgenommen meine Freundin inzwischen aussah, stimmte ich zu und erhob mich.

„Lass uns eine Mittagspause machen. Ich bin auch total kaputt. Ich habe dir das Schlafzimmer gerichtet. Ich werde hier auf der Couch schlafen. Sag deiner Mama Bescheid, dass sie heute Nachmittag kommen kann. Selbst wenn ich nicht mehr arbeiten muss, habe ich noch einiges zu erledigen und ihr könnt euch in Ruhe unterhalten.“

„Gut, aber du musst jetzt nicht wegen mir nächtelang auf der Couch liegen. Das kann ich doch machen.“

Ich winkte ab. „Man kann dort sehr gut schlafen. Außerdem gehe ich meistens spät ins Bett und hier ist immer was los. Und du brauchst Ruhe. Keine Widerrede.“

Rike resignierte, da sie wusste, dass ich nicht mit mir reden lassen würde.

Ich legte mich hin und schlief ungewöhnlicherweise sofort ein. Als ich eine Stunde später aufwachte und leise die Tür zum Schlafzimmer öffnete, sah ich, dass meine Freundin tief und fest schlummerte.

Ich saß im Krankenzimmer meiner Oma und wartete. Sie war gerade beim Stationsarzt und erhielt den Entlassungsbrief. Als ich Rike geholt hatte, war ich kurz bei ihr gewesen und erfuhr, dass sie heute nach Hause durfte. Glücklicherweise hatte Richard mir den Vormittag freigegeben. Dafür war ich gestern Nachmittag noch dort und so würde ich es heute wieder machen.

Rike war bestimmt froh, wenn sie nach der ganzen Aufregung ein bisschen zur Ruhe kommen konnte.

Da wurde Großmutter strahlend, im Rollstuhl sitzend, von einem Pfleger hereingebracht.

„Meine Kleine“, begrüßte sie mich freudig. Der junge Mann, der sie an den Tisch schob, grinste.

„Wir können gehen. Eigentlich dürfte ich mit den Gehhilfen laufen, aber mir ist noch etwas schwindelig. Deshalb dürfen wir uns dieses Ding - missbilligend schaute sie auf den Rollstuhl - kurz bis zum Auto ausleihen.“

„Klar, so machen wir das.“ Ich lächelte den Pfleger an, der sich köstlich amüsierte.

„Dann wünsche ich Ihnen alles Gute!“, verabschiedete er sich freundlich von uns und verließ den Raum.

„Ich muss allerdings in den nächsten Tagen, bis ich in die Reha nach Waldbronn gehen kann, sehr vorsichtig sein“, fuhr Oma fort.

„Hättest du denn nicht direkt dorthin gehen können?“

Nachdenklich musterte ich sie. Zerknirscht schaute sie mich an. „Doch, aber dann hätte ich noch drei Tage länger hierbleiben müssen."

„Aha." Ich konnte mir ein Grinsen nicht verkneifen. Natürlich würde ich mich in dieser Zeit in jeder freien Minute um sie kümmern. Außerdem war meine Mutter auch noch da. Glücklich darüber, etwas für sie tun zu können, schnappte ich mir ihre gepackte Reisetasche und schob den Rollstuhl aus dem Krankenhaus.

Nachdem ich Oma in den alten Golf verfrachtet hatte, mühte ich mich ab, ihr Gepäck im Kofferraum unterzubringen. Das war Millimeterarbeit, da ich einige Kartons dort gelagert hatte. Ich war schon nah dran aufzugeben und die Verpackungen auf die Rückbank zu werfen, als es mir doch gelang und der Kofferraumdeckel sich schließen ließ. Ich sollte das Auto mal aufräumen, schoss es mir durch den Kopf. Aber sogleich sagte eine andere Stimme in mir, dass es im Moment Wichtigeres zu tun gäbe.

Bei meiner Oma angekommen, war es kein Problem für sie, mit dem soeben im Sanitätshaus ausgeliehenen Rollator in ihre kleine ebenerdige Wohnung zu gelangen. Nachdem ich ihr geholfen hatte, sich bequem in ihrem Sessel niederzulassen, fragte ich: „Was möchtest du denn essen?"

„Kindchen, du wirst doch jetzt nicht für mich kochen wollen.“

„Na, richtig nicht, aber eine Kleinigkeit schon.“
Ich inspizierte den Kühlschrank, da ich wusste, dass meine Mutter ihn gefüllt hatte. Die Eier sprangen mir ins Auge. „Magst du Rührei essen?“

„Das wäre toll, allerdings nur, wenn du mit mir isst.“

„Mach ich gerne. Ich muss ja etwas zu mir nehmen, bevor ich heute Nachmittag arbeiten gehe.“
Fünf Eier landeten in der Pfanne. Dazu gab es das frische Brot, das wir ebenfalls auf dem Weg hierher bei Omas Stammbäcker gekauft hatten.
Nach dem letzten Bissen legte sie das Besteck zur Seite und sah mich fragend an. „Und jetzt erzähl mir mal von Rike. Ich habe im Krankenhaus nur die Hälfte der Geschichte mitbekommen. Wie geht es ihr jetzt?“

„Sie hat sich erholt, ist gestern entlassen worden und bleibt ein paar Tage bei mir.“

„Und dann?“ Meine Großmutter wollte mal wieder alles ganz genau wissen.

„Dann wird sie wahrscheinlich weggehen und niemandem, auch mir nicht sagen, wohin.“

„Oh, das ist traurig, aber ich kann sie verstehen.“
Ich seufzte. „Schon, ich bin auch froh, dass die Sache doch so glimpflich ausgegangen ist. Trotzdem macht es mir zu schaffen. Schließlich weiß ich nicht, wann wir

uns wiedersehen."

Oma nickte verständnisvoll.

„Morgen Abend setzen wir uns mit Max zusammen…"

„Wer ist Max?"

„Ein Freund von Felix."

„Ach so."

„Ja, auf jeden Fall wollen wir besprechen, wie wir Rikes Sachen aus der gemeinsamen Wohnung herausholen können. Ohne, dass es eskaliert, falls er zuhause sein sollte. Ich denke, Max wird uns begleiten. Ich kann nur hoffen, dass Jürgen bei der Arbeit, in der Psychatrie oder noch besser im Gefängnis ist. Ich kann mir außerdem gut vorstellen, dass der das Türschloss ausgewechselt hat, damit Rike nicht reinkommt, wenn er nicht da ist."

„Oh weh, oh weh. Haben sie ihn denn nicht gleich verhaftet? Hoffentlich ist das bald erledigt. Du siehst auch schon ganz blass aus." Besorgt musterte sie mich.

„Das weiß ich nicht. Ich hoffe es. Ich denke schon, dass er zumindest in Untersuchungshaft ist. Mach dir keine Gedanken über mich. Mir geht es gut." Beruhigend lächelte ich sie an.

„Und was ist mit Felix?"

„Ach", ich machte eine wegwerfende Handbewegung.

„Das ist ein anderes Thema."

Oma strich mir tröstend über die Hand, weil sie meine

Tränen bemerkte. „Hab ich was verpasst?"
Da ich ihr nichts vormachen konnte, berichtete ich, ihn mit einer Frau gesehen zu haben.

„Das kann ich gar nicht glauben." Ungläubig starrte sie mich an. „Aber ihr gehört doch zusammen."
Für meine Großmutter war das anscheinend ebenfalls schon immer klar gewesen, wenn sie es mir auch nicht ständig unter die Nase rieb.

„Nun, es ist halt so. Lass uns das Thema wechseln."
Daraufhin schwieg sie.

„Ja, und Markus will ich auch nicht dabeihaben, aber darüber möchte ich wirklich nicht sprechen. Auf jeden Fall sind wir jetzt getrennt. Und das ist gut so."
Sie lächelte zufrieden.

„Dann lass ich dich mal allein." Ich erhob mich.

„Mutter kommt ja nachher und bleibt bei dir.
Bis morgen." Ich küsste sie auf die Wange und sie drückte dankbar meine Hand.

Kapitel 16

Lara

Lara stieg aus dem Zug und schaute sich suchend auf dem Pforzheimer Hauptbahnhof um.

Sie benötigte einen Moment, um sich zu orientieren, da sie zuvor noch nie hier gewesen war. Dann entdeckte sie das Hinweisschild, das ihr den Weg durch die Unterführung in die Bahnhofshalle anzeigte.

Dort angekommen, entschloss sie sich, ein Taxi zu nehmen und sich zum Parkhotel fahren zu lassen, in dem sie ein Zimmer für drei Nächte gebucht hatte.

Sie dachte sich zwar, dass es nicht weit bis dorthin sein konnte und sie auch gut zu Fuß dorthin gelangen konnte, aber da sie ihren Rollkoffer und eine große Reisetasche, inklusive Laptop dabei hatte, entschied sie, sich lieber fahren zu lassen. Dazu kam, dass sie keine Ahnung hatte, wo genau sich die Unterkunft befand.

Entschlossen schritt sie auf das Taxi zu, das vorne in der Reihe stand. Fünf Minuten später war sie am Ziel und schüttelte über sich selbst den Kopf.

„Das wäre wirklich nicht nötig gewesen", murmelte

sie vor sich hin, weil sie nur den Schlossberg hätte herunterlaufen müssen. Nachdem sie im Hotel eingecheckt hatte, setzte sie sich unten in das Café, das sich in der Empfangshalle befand. Zuvor hatte sie das ihr zugewiesene Zimmer bewundert und das Nötigste ausgepackt. Hier konnte man es ein paar Tage aushalten.

Nun saß sie vor einem Cappuccino und stellte mit Blick auf die Uhr fest, dass es früh am Nachmittag war. Die Gelegenheit sollte sie, wenn sie auch etwas müde war, zum Einkaufsbummel nutzen.

Schlafen konnte sie schließlich heute Nacht. Da sie jetzt schon einmal hier in der Goldstadt war, könnte sie sich ja ein kleines Schmuckstück leisten. Mal schauen, was für Geschäfte es hier gibt und was die Stadt so zu bieten hat, überlegte sich Lara.

Nachdem sie sich mit dem Stadtplan auseinandergesetzt hatte, war sie fünf Minuten später in der Fußgängerzone angekommen und hielt nach einem Schmuckgeschäft Ausschau. Sie würde gleich noch ein paar Geschenke einkaufen.

Nach anderthalb Stunden hatte sie genug. Es drängte sie, nachdem sie endlich erfahren hatte, wer ihre Zwillingsschwester adoptiert hatte, dorthin zu fahren. Immerhin hatte sie sich ein schönes Goldkettchen mit zwei Figuren geleistet, die als Zwillinge hätten durchgehen können, und Kleinigkeiten für ihre Lieben eingekauft. Außerdem noch ein Buch, falls sie nachts nicht schlafen konnte. Wieder im Hotel angekommen entschloss sie sich, etwas auszuruhen, verwarf den Gedanken aber sogleich. Da war keine Ruhe in ihr.

Sie ließ sich am Empfang ein Taxi kommen und nannte die Adresse in der Friedenstraße, in der die Eltern ihrer Adoptivschwester wohnten.

Dort klingelte sie und wartete mit Herzklopfen, bis kurze Zeit später ein gutaussehender, ungefähr sechzigjähriger Mann, die Tür öffnete. Er strahlte Lara an.

„Hallo Felicitas, ich wusste gar nicht, dass du heute kommen wolltest. Komm doch rein. Warst du beim Friseur? Deine Haare sind so anders?"
Ohne zu antworten, trat sie in die Diele.
Als dann aber eine Frau auf sie zukam, wahrscheinlich die Mutter von Felicitas, und sie umarmen wollte, wich sie einen Schritt zurück.

„Ich bin nicht Ihre Tochter. Es tut mir leid."
Manfred lachte lauthals. Als er allerdings das ernste Gesicht von Lara sah, erstarb sein Lachen.

„Kind, geht es dir nicht gut?"
In der Zwischenzeit hatte Martina ihren Gast genauer betrachtet und sagte leise aber bestimmt: „Schatz, das ist nicht unsere Tochter."

„Ja seid ihr denn nun beide verrückt geworden? Ich rufe gleich einen Arzt."

Nun erwachte Lara aus ihrer Starre. „Ich kann Ihnen alles erklären. Ich bin die Zwillingsschwester von Felicitas. Vor Kurzem erst habe ich das erfahren und Ihre Adresse bekommen.“

Martina war blass geworden und ihr Mann öffnete den Mund, um ihn sogleich wieder zu schließen. Er war sprachlos. Felis Mutter fing sich zuerst.

„Dann kommen Sie doch mit ins Wohnzimmer.“ Kopfschüttelnd ging sie voran und die beiden folgten ihr. Die drei setzten sich an den Esstisch. Keiner sagte zunächst ein Wort. Als die Stille unangenehm wurde, begann Lara stockend ihre Geschichte zu erzählen.

Eine halbe Stunde später hatten sich die Gemüter etwas beruhigt. Felis Eltern hatten sich, nachdem sie fassungslos zugehört hatten, wieder gefangen.

„Wir hatten wirklich keine Ahnung“, unterbrach Manfred das Schweigen. „Also, dass es Sie gibt, meine ich.“

„Meine Güte, das muss ich erst einmal verkraften.“ Felis Mutter erhob sich. „Darf ich dir, ich meine Ihnen etwas zu trinken anbieten?“

„Sie dürfen gerne Du zu mir sagen. Schließlich sehe ich aus wie Ihre Tochter. Ein Wasser wäre gut.“ Martina lächelte zaghaft und nickte. Sie holte eine Flasche Mineralwasser und drei Gläser in der Küche. Als sie den Sprudel verteilte, kam langsam wieder etwas Farbe in ihr Gesicht.

„Meinen Sie denn, dass ich Felicitas überraschen kann?", fragte Lara. „Ich bin schon ganz aufgeregt und möchte endlich wissen, wie sie so ist."
Felis Vater konnte den Blick nicht von ihr wenden. Bis auf das, dass ihre Haare etwas kürzer und nicht so verwegen wie bei seiner Tochter waren, konnte er keinen Unterschied zwischen den beiden feststellen. Der Kleidungsstil war anders, aber das war ihm nicht sofort aufgefallen. Im Gegensatz zu Felicitas kleidete sich Lara etwas femininer. Auf jeden Fall machte die junge Frau einen sympathischen Eindruck auf ihn und mit Blick auf Martina bemerkte er, dass es ihr genauso zu ergehen schien. Allerdings fragte er sich, ob es sich um einen schlechten Scherz seiner Tochter handeln konnte. Dass sie einfach ihr Aussehen etwas verändert hatte und sich einen Spaß erlaubte. Aber das würde sie doch nie tun. Oder? Außerdem konnte man seine Frau nicht hinters Licht führen. Sie hatte sofort erkannt, dass Lara die Wahrheit sprach. Eine Mutter würde man nicht irreführen können, selbst wenn das Kind adoptiert war.
Nun mischte sich Martina ein.

„Im Grunde schon, aber vielleicht nicht heute Abend. Feli hatte in letzter Zeit viel Aufregung und ich weiß, dass sie heute Abend ein wichtiges Treffen hat." Entschuldigend schaute sie Lara an.

„Wieso, wer kommt denn?", fragte Manfred.

„Rike ist doch vom Krankenhaus gekommen und wohnt jetzt bei ihr" erklärte Martina und wandte sich wieder an Lara. „Das wäre jetzt alles zu viel für meine Tochter. Dann hat sie sich auch noch gerade von ihrem Freund getrennt" fügte sie hinzu, „ich denke, morgen wäre es besser. Ich werde mal vorsichtig nachfragen, ob sie auch wirklich zu Hause ist."

Lara strahlte. „Vielen Dank! Solange kann ich jetzt auch noch warten. Ich bin ja so aufgeregt."

Fasziniert schaute das Ehepaar die junge Frau an. Sie könnten fast vergessen, dass nicht ihre Tochter vor ihnen saß.

„Ich muss mich irgendwie ablenken bis morgen Abend. Aber jetzt habe ich so lange gewartet, da kommt es auf eine Nacht auch nicht mehr drauf an. Mein ganzes Leben lang habe ich sie vermisst. Immer habe ich gespürt, dass da jemand ist, der zu mir gehört."

„Wenn ich es mir recht überlege, ging es Feli genauso", meinte Felicitas´ Mutter nachdenklich.

„Möchtest du mit uns zu Abend essen?"

„Gerne." Lara strahlte. „Wenn es nicht zu viele Umstände macht."

Zwei Stunden später fuhr Manfred die Schwester seiner Tochter zurück ins Hotel.

Glücklich, mit Felis Adresse in der Tasche ließ sie sich in ihrem Zimmer mitsamt ihren Kleidern aufs Bett fallen und schlief auf der Stelle ein.

Kapitel 17

Feli

Am Abend saßen Rike und ich bei einem Bier im Wohnzimmer zusammen.

„Seit wann hast du so was im Haus?“, wollte meine Freundin wissen und deutete auf ihre Bierflasche.

Ich grinste. „Seit hier öfters Versammlungen stattfinden.“

Bevor sie etwas erwidern konnte, klingelte es.

Ich seufzte. „Das wird doch wohl nicht zur Gewohnheit werden, dass es hier wie im Taubenschlag zu geht.“

Rike lachte. „Du bist ja genervt“, stellte sie fest, „so kenne ich dich gar nicht.“

„Ja, so langsam wird es sogar mir zu viel.“
Ich schlurfte, anders konnte man es nicht bezeichnen, denn ich war müde, in die Diele und drückte auf den Türöffner. Gespannt wartete ich, wer da unangemeldet kommen würde.

„Janina“, rief ich überrascht aus, weil meine Schwester, im Schlepptau mit einem Mann in unserem Alter, die Treppe hochkam. Das wird ihre große Liebe sein, schoss es mir durch den Kopf.

Sie strahlte. „Hallo Feli, darf ich dir Sebastian vorstellen."

„Hallo, nett dich kennenzulernen. Kommt doch rein." Ich freute mich wirklich und meine Müdigkeit war verflogen.

„Ganz meinerseits", antwortete ihr Begleiter mit einer angenehm tiefen Stimme. Auf den ersten Blick machte er einen sympathischen Eindruck.

Nachdem wir uns alle zu Rike gesetzt und die beiden meine Freundin ebenfalls begrüßt hatten, plauderten wir eine Weile über Belangloses, bis Janina plötzlich sagte: „Ich habe dich heute in der Stadt gesehen, aber als ich dich gerufen habe, hast du überhaupt nicht reagiert. Und..."

„Was, ich war gar nicht in der Stadt", unterbrach ich sie.

„Ach komm, was hast du denn für Geheimnisse? Natürlich warst du in der Stadt. Es waren nur zu viele Leute zwischen uns und lauter konnte ich nicht schreien. Du hast mich einfach nicht gehört."

„Nein, ich war nicht in der Stadt." So langsam regte es mich auf, dass sie meine Worte ignorierte. Aber das war typisch für sie.

„Das kann ich bestätigen" mischte sich Rike ein.

„Nach der Arbeit kam sie gleich heim und seitdem

sind wir hier."

Irritiert schüttelte Janina den Kopf.

„Das kann doch nicht sein. Es war so ungefähr 16:00 Uhr." Ungläubig schaute sie mich an und seufzte.

„Dann habe ich mich wohl doch geirrt."

„Hast du wohl", sagte ich lachend. „Jetzt lasst uns einen Wein aufmachen, wenn ihr schon mal da seid." Ich ging in die Küche um eine Flasche Rotwein zu holen und wir ließen den Abend gemütlich ausklingen.

Als meine Schwester mit ihrem Freund gegangen war, fragte ich Rike: „Wie findest du Sebastian?"

„Er ist sehr nett. Ich freue mich für Janina."

„Ich bin auch froh. Sie hat mir vor Kurzem schon anvertraut, dass sie sich verliebt hat." Bei dem Gedanken an dieses Gespräch musste ich schmunzeln. „Sie war heute total verändert. Also im positiven Sinne."

Rike gab mir Recht. „Das ist mir auch aufgefallen. Ich kenne sie ja nicht so gut, aber ich habe sie viel ernster in Erinnerung."

„Ich glaube, der Sebastian ist ein Glückstreffer für mein Schwesterchen. Was ist los Rike? Du siehst so nachdenklich aus."

„Ich dachte mir gerade, dass du, im Gegensatz zu Janina gerade keinen glücklichen Eindruck machst. Was ist los mit Markus und dir?"

„Hm." Ich starrte die Tischplatte an, als ob es nichts Interessanteres gäbe.

„Ich weiß gar nicht, ob ich jetzt darüber sprechen will. Vielleicht in der Kurzform. Kathi hat was mit Markus angefangen."
Nun war Rike sprachlos. Es dauerte einen Moment, bis sie ihre Sprache wieder gefunden hatte.

„Das ist jetzt nicht dein Ernst. Oder?"

„Leider doch. Anscheinend war es nur einmal. Ich weiß nicht, was ich glauben soll. Schließlich hat sie mich zuerst angelogen und gesagt, dass da nichts gewesen sei. Sie hat mir auch gesagt, dass es nur an ihr lag, dass es keine weiteren Male mehr gegeben hat.
Für ihn war die Sache erst erledigt, als ich zugestimmt hatte, ihn zu heiraten."

„Ach du meine Güte, kaum zu glauben. So kann man sich in einem Menschen täuschen. Ich hätte ihm das niemals zugetraut. Und Kathi auch nicht", fügte Rike hinzu.

„Ein bisschen kann ich Kathi schon verstehen. Sie ist schon lange in ihn verliebt. Das hat sie mir gestanden. Nur mir zuliebe hat sie sich zurückgehalten. Und dann war eben die Gelegenheit da. Bei Markus und bei mir hat es gekriselt. Er hat sich bei ihr ausgeheult. Dazu kommt noch, dass es ihr im Moment ja auch nicht so gut geht."

„Du bist zu gut für diese Welt. Kannst du Markus auch verstehen?", fragte sie mit ironischem Unterton.

„Also ganz ehrlich. Eigentlich bin ich froh, dass ich ihn los bin. So konnte ich mir über meine Gefühle klarwerden. Dafür müsste ich Kathi sogar dankbar sein."

Ich schmunzelte. „Ich weiß jetzt, dass ich ihn nicht liebe."

„Und wen liebst du dann?" Herausfordernd schaute Rike mich an. Dieses Mal wich ich nicht aus.

„Ich liebe Felix, aber das nützt mir nichts. Ich bin zu ihm gefahren, wollte es ihm sagen, habe ihn dann aber vor seiner Haustür mit einer anderen gesehen. Wenn er überhaupt etwas für mich empfunden hat - in letzter Zeit hatte ich das wirklich geglaubt - dann hat er sich inzwischen anderweitig getröstet. Dann kann ihm also an mir nicht allzu viel gelegen haben." Resigniert zog ich die Schultern hoch. „Kann man nix machen."

„Das glaube ich nicht. Er ist vernarrt in dich", meinte Rike empört.

„Du täuschst dich, aber es gibt Schlimmeres. Andere Mütter haben auch hübsche Söhne."
Ich bemühte mich, betont munter zu sein und schenkte mir das dritte Glas Wein ein.

„Ich glaube, du musst langsam machen mit dem Alkohol. Sonst kriegst du morgen nichts auf die Reihe. Ein Bier hast du zuvor auch noch getrunken", ermahnte sie mich.

„Du hast recht. Aber egal", antwortete ich und trank das halb gefüllte Glas auf einen Zug leer.

Rike schüttelte den Kopf und lehnte sich entspannt zurück, da klingelte es wieder. Erschrocken fuhren wir beide hoch, denn es war schon 22:30 Uhr. Ich wollte zur Tür eilen, aber Rike hielt mich fest. Sie war blass geworden. „Was ist?"

„Ich habe ein ganz ungutes Gefühl. Du erwartest doch niemand mehr, oder?" Da wurde mir klar, vor was, oder besser, vor wem sie Angst hatte.

Plötzlich hörten wir die Eingangstür unten ins Schloss fallen, dann Schritte auf der Treppe. Diese verstummten hier oben. Inzwischen waren wir in der Diele angekommen.

Es klopfte. Rike erschien mir noch blasser als vorher, wenn das überhaupt möglich war. Beide wussten wir, wer da vor der Tür stand. Jemand musste ihn hereingelassen haben. Obwohl damit zu rechnen war, zuckten wir zusammen, als Jürgens Stimme ertönte: „Lasst mich sofort rein. Rike, ich weiß, dass du da bist. Ich bin ja nicht blöd."

Mist, er wird das ganze Haus wecken, dachte ich panisch.

Meine Freundin schlug sich die Hand vor den Mund.

„Was sollen wir nur tun?", flüsterte sie.

Heftiger Zorn packte mich und ich rief laut:

„Verschwinde, sonst rufe ich die Polizei."

Nach kurzem Schweigen entgegnete er, zum Glück etwas leiser: „Ich komme wieder. Sie kann sich nicht ewig vor mir verstecken. Du kannst nicht immer auf sie aufpassen."

Das war auf jeden Fall eine ernst zu nehmende Drohung gewesen. Da wir nicht wussten, ob er tatsächlich verschwunden war, saßen wir noch mindestens eine Stunde regungslos im Wohnzimmer und lauschten. Aber wir hörten nichts mehr. Außerdem war gleich nach unserer Auseinandersetzung das Zuschlagen der Tür unten zu hören gewesen. Allerdings war das kein Beweis dafür, dass Jürgen gegangen war.

Rike zitterte immer noch etwas und mir ging es nicht besser.

„Du musst zur Polizei gehen. Gleich morgen. Ich werde dich begleiten."

„Ach, das nützt doch nichts. Was werden die schon unternehmen? Er läuft also tatsächlich frei herum", stellte meine Freundin unnötigerweise fest.

Ich nickte stumm.

„Wahrscheinlich reichten die Beweise nicht aus und sie mussten ihn erst einmal gehen lassen. Aber sicher kann ihm die Tat nachgewiesen werden und er wird für lange Zeit eingesperrt."

Skeptisch sah Rike mich an. „Nein, ich glaube nicht, dass er lange dafür eingebuchtet wird. Es bleibt mir nichts anderes übrig, ich muss hier fort. Ich kümmere mich morgen um alles. Ich hab schon eine Idee, wo ich hingehen werde. Da ist meine Bekannte, die ich schon lange nicht gesehen habe, aber schon fast immer kenne. Den Ort werde ich niemanden verraten. Auch dir nicht", fügte Rike hinzu, als sie meinen entsetzten Blick sah, obwohl ich das ja schon wusste.

„Diese Frau wird mir helfen, ein neues Leben aufzubauen. Sie hat einen Job für mich und irgendwann, wenn Gras über die ganze Sache gewachsen ist, dann komme ich zurück."
Ich wollte aufbegehren, aber sie brachte mich mit einer Handbewegung zum Schweigen.

„Und du brauchst mich gar nicht zu suchen, denn in Deutschland werde ich nicht sein. Glaub mir, es ist besser so. Es ist einfach zu gefährlich, wenn irgendjemand etwas weiß."

„Bin ich irgendjemand?", fragte ich empört und fing an zu weinen. Nun musste mich Rike trösten, obwohl sie das Opfer war. „Nein, du bist meine beste Freundin", antwortete sie.

Nachdem wir uns beruhigt hatten, gingen wir nach einer innigen Umarmung in unsere Betten und schliefen erstaunlicherweise in dieser Nacht gut.

Am nächsten Tag richtete ich in meiner Küche eine Kleinigkeit zum Essen. Ohne hochzuschauen, sagte ich zu meiner Freundin: „Max kommt ja nachher."
Überrascht sah Rike mich an.

„Damit wir besprechen können, wie wir morgen vorgehen sollen, wenn wir deine Sachen holen werden."

„Okay, das habe ich doch glatt vergessen. Hoffentlich ist Jürgen dann nicht da."

„Arbeitet er nicht um diese Zeit? Also, falls er nicht mehr in Haft ist, meine ich. Wir hatten uns ja vorgenommen, das schon um 17:00 Uhr zu erledigen."

„Normalerweise schon, aber weiß man im Moment, was der tut. Er erscheint mir nicht zurechnungsfähig."

„Du hast recht. Eigentlich gehört er in die Nervenheilanstalt. Aber deshalb werden wir nicht alleine hingehen und vorher zusammen besprechen, wie wir vorgehen werden." Ich versuchte, Rike beruhigend anzuschauen. Mit Erfolg, wie es schien.

„Gut, dann kommt bestimmt auch gleich Felix", stellte sie fest.
Ich wurde etwas verlegen. „Nein, ich habe ihn nicht eingeladen."

„Doch, natürlich kommt er. Er hat vorhin angerufen und ich habe ihm gesagt, dass wir uns heute hier treffen. Da hatte ich nämlich noch drangedacht."

Fassungslos schaute ich meine Freundin an.

„Das ist nicht dein Ernst. Oder?" Ich muss ziemlich hysterisch geklungen haben, denn Rike sah mich skeptisch an.

„Du kannst ihn doch jetzt nicht für immer meiden. Schließlich seid ihr schon ewig befreundet." Schuldbewusst senkte sie den Blick und fügt kleinlaut hinzu: „Er hat gesagt, er bringt noch jemand mit. Ich dachte mir, je schneller du Klarheit hast, ob das mit dieser Frau etwas Ernstes ist, um so besser. Außerdem..."

„So, dachtest du", unterbrach ich sie ärgerlich. Mit Blick auf die Uhr stellte ich fest, dass die Versammlung schon in zehn Minuten beginnen würde und nichts mehr daran zu ändern war. Ich seufzte tief. Mitleidig schaute Rike mich an.

„Und was ist mit Markus?"

„Der kommt nicht. Das verstehst du doch hoffentlich?"

„Klar", äußerte sich Rike kleinlaut. „Und Kathi? Kannst du ihr nicht verzeihen?", fragte sie leise. Um eine Antwort kam ich herum, weil es klingelte. Es war Max.

„Möchtest du was trinken?", fragte ich ihn, nachdem er und Rike auf dem Sofa Platz genommen hatten.

„Wenn du ein Bier hättest, das wäre super."

Sein Blick war erwartungsvoll.

„Na klar." Ich wollte gerade in die Küche gehen, da sprang Rike auf. „Setz du dich hin, ich mach das schon. Ich bringe dann gleich für uns alle Getränke mit."
Das schlechte Gewissen stand ihr im Gesicht geschrieben.

Wir hatten kaum um den Couchtisch Platz genommen, als Max sich zu Wort meldete: „Um wieviel Uhr passt es euch denn morgen?" Bevor wir antworten konnten, klingelte es schon wieder.

„Na super." Nervös eilte ich zur Tür und drückte auf den Türöffner. Mir zog es den Magen zusammen, als ich kurz darauf Felix und genau dieser Frau gegenüberstand, mit der ich ihn gesehen hatte.

„Kommt herein", forderte ich die beiden, mit zusammengebissenen Zähnen, auf.

„Das ist Sophie", stellte er mir seine Begleiterin vor.

„Hallo" sagte ich lahm, mit verkniffenem Gesicht.

„Ich bin Felicitas."
Erstaunt schaute Felix mich an, wusste er doch, dass ich mich normalerweise immer mit Feli vorstellte.

„Guten Abend", meinte diese daraufhin etwas zurückhaltend.

Ich schickte die beiden ins Wohnzimmer und verschwand in die Küche, um erst einmal tief durchzuatmen. Es fiel mir schwer, die Tränen zurückzuhalten.

Da ich mich nicht ewig von den anderen fernhalten konnte, ging ich wieder zu ihnen hinüber.

Sophie saß in meinem Lieblingssessel. Auch das noch. Ich setzte mich gezwungen lächelnd neben Rike auf die Couch. Max und Felix hatten sich zwei Stühle von der Esstischgruppe geholt und sich uns gegenüber niedergelassen.

Felix räusperte sich und wandte sich an die anderen.

„Übrigens, das ist meine Cousine Sophie. Sie ist von Bonn hierhergezogen, kann aber erst nächste Woche in ihre Wohnung. So lange wohnt sie bei mir."

Vor lauter Fassungslosigkeit blieb mir der Mund offen stehen. Das konnte doch jetzt nicht wahr sein.

Wie blöde war ich gewesen. Ich strahlte, ging zu Sophie und streckte ihr die Hand hin. Zuerst sah sie verblüfft aus, aber dann schien sie zu verstehen. Sie erhob sich und nahm mich wortlos in die Arme. Was musste sie für einen Eindruck von mir haben. Bestimmt hatte Felix schon einiges von mir erzählt und ich habe sie so kühl behandelt. Meine Güte. Auf einmal wurde es mir leicht ums Herz. Ein wahnsinniges Glücksgefühl breitete sich in mir aus. Die anderen schienen nichts von alledem mitbekommen zu haben. Oder vielleicht Felix? Er schaute so komisch. Unsere Blicke trafen sich und mein Herzschlag setzte einen Moment lang aus. Auf einmal erschien mir die Zukunft rosiger.

Zwei Stunden später - wir hatten alles besprochen und uns für den nächsten Tag auf 17:00 Uhr verabredet - erhob sich Max. „Ich muss jetzt nach Hause gehen. Euch empfehle ich auch eine Mütze voll Schlaf."

Rike stand ebenfalls auf und meinte, sie müsse auch ins Bett und verschwand im Schlafzimmer.

Lächelnd klopfte Felix Sophie auf die Schulter.

„Weißt du was, ich bringe dich jetzt nach Hause. Ich habe heute noch was vor." Dabei schaute er mich vielsagend an. Ich wusste, er wäre in einer halben Stunde wieder hier bei mir. Seine Cousine lächelte wissend und verabschiedete sich mit einer innigen Umarmung von mir.

In Gedanken versunken verließ ich nach Feierabend den Buchladen.

Was hatte das heute Morgen zu bedeuten gehabt? Meine Mutter rief an, zu einer Uhrzeit, wo ich normalerweise schon arbeiten gewesen wäre. Sie konnte nicht wissen, dass ich etwas später angefangen habe. Ich hatte verschlafen und Rike war ans Telefon gegangen. Sie hatte sich total komisch verhalten und geflüstert.

„Du möchtest sicher deine Tochter sprechen", hörte ich sie sagen.

„Nein?", druckste meine Freundin herum.
Was hatten die beiden denn für ein Geheimnis? Nun ja, ich würde Rike heute Abend fragen. Zum Glück war endlich mal Ruhe angesagt. Als ich an gestern dachte, wurde ich von einer Glückswelle überschwemmt.

Felix war wieder zurückgekommen, nachdem er Sophie heimgefahren hatte. Ohne Worte hatte er mich in die Arme geschlossen und leidenschaftlich geküsst. Wir brauchten keine Erklärung. Es war klar, dass wir zusammengehörten. Bis weit nach Mitternacht war er bei mir geblieben. Wir hatten es uns auf dem Sofa bequem gemacht und ich war grenzenlos glücklich.
Sicher würde ich heute, wenn ich mich etwas ausgeruht hatte, zu ihm fahren. So war es ausgemacht. Aber ich wollte auch noch Zeit mit Rike verbringen, bevor sie in

ein paar Tagen aus meinem Leben verschwinden würde.

Daheim angekommen, rief ich: „Rike, bist du zu Hause?" Sie kam mir aufgeregt entgegen.

„Ja, aber ich muss jetzt erstmal weg."

„Du musst weg? Wohin denn?", fragte ich ein wenig enttäuscht. „Du sollst doch nicht alleine auf die Straße. Außerdem habe ich gedacht, wir kochen uns was Schönes." Auf der anderen Seite war ich nicht unglücklich darüber, so konnte ich früher zu Felix fahren.

„Max holt mich ab und passt auf mich auf", antwortete sie mir. Ich war sprachlos.

„Max, wieso Max? Läuft da was?"

„Blödsinn. Aber wie du schon sagst, ich kann alleine nicht raus."
Ich schüttelte den Kopf und ließ die Sache auf sich beruhen.

„Übrigens, was wollte denn meine Mutter heute Morgen?"

„Ach, das war nicht wichtig. Sie ruft dich nachher gleich nochmal an."

„Wie nachher? Ich bleib jetzt auch nicht hier alleine zuhause sitzen", entgegnete ich etwas unwillig.

„Doch, du musst hierbleiben. Sie ruft um 20:00 Uhr noch einmal an."

„Also Rike, du verhältst dich wirklich seltsam, das muss ich schon sagen." Nachdenklich sah ich sie an.

„Ich kann Mama ja auch jetzt anrufen."

„Nein!" Sie sah erschrocken aus. Ich gab auf.

„Na gut, ich leg mich jetzt ein bisschen hin und warte." Erleichtert umarmte sie mich und verließ ohne weitere Worte die Wohnung.

Ich war so aufgeregt wegen gestern Abend, dass ich auf dem Sofa keine Ruhe fand. Felix liebte mich genauso wie ich ihn. Daran musste ich ständig denken und die Schmetterlinge flatterten in meinem Bauch herum. Ich war glücklich. Wie konnte ich nur so blind gewesen sein. Weil es mit dem Ausruhen nicht klappte, erhob ich mich und ging in die Küche, um mir eine Kleinigkeit zum Essen zuzubereiten.

Dann war es endlich 20:00 Uhr. Ich nahm mir gerade vor, meiner Mutter zuvorzukommen und sie anzurufen, als es an der Haustür klingelte. Das durfte doch nicht wahr sein. Wer konnte das jetzt sein? Ob ich gar nicht aufmachte? Es siegte die Neugier. Das wird ja wohl nicht Jürgen sein. Kurz flackerte Angst in mir auf, aber wozu hatte ich eine Sprechanlage. „Hallo, wer ist da?"

„Hi", sagte eine Frauenstimme, die mir merkwürdig vertraut vorkam.

„Würden Sie… Würdest du mich bitte hereinlassen?"

„Wer bist du?", fragte ich verwirrt, hatte aber schon

reflexartig auf den Türöffner gedrückt.

„Das ist etwas kompliziert. Ich würde es lieber drinnen erklären", hörte ich sie sagen, bevor ihre Schritte im Hausgang ertönten.

Gedankenverloren schaute ich auf meine Füße und überlegte, was für Schuhe ich denn nachher anziehen würde, hob den Kopf und erstarrte. War ich jetzt vollkommen verrückt geworden? Ich war doch nicht im Badezimmer vor dem Spiegel. Nein, so ganz war das auch nicht ich. Aber fast. Die Haare waren ein bisschen anders.

Mir blieb der Mund offen stehen. Nur verschwommen nahm ich die Worte meines Ebenbildes wahr.

„Ich möchte dich nicht erschrecken. Ich bin deine Zwillingsschwester und freue mich, dich endlich kennenzulernen. Ich habe dich mein Leben lang vermisst."

Mein Mund klappte wieder zu.

„Bin ich verrückt geworden", fragte ich, „oder gestorben oder sonst was?"

„Nein, alles gut."

Ich starrte sie wie hypnotisiert an, während sie einen Schritt näher kam. Sie lächelte. „Ich habe es erst vor Kurzem erfahren und dann konnte ich nicht anders. Ich musste dich kennenlernen."

Da konnte mich nichts mehr aufhalten, ich fiel ihr einfach um den Hals und flüsterte: „Komm rein, ich denke wir haben uns viel zu erzählen."

Ende

Epilog

„Huch, ist das aufregend", flüsterte Kathi Richard zu, der neben ihr in der Altstadtkirche saß.

Dieser drückte ihre Hand. „Ja", zischte er zurück, „da kommen sogar mir die Tränen."

Erstaunt schaute Kathi Felis Chef an, weil er immer noch ihre Hand festhielt. Als er ihren Blick bemerkte, ließ er sie los und lächelte.

„Willst du mir damit etwas sagen?" Die beiden hatten sich in den letzten Wochen angefreundet und öfters mal die Freizeit miteinander verbracht. Mehr war da bisher nicht gewesen, aber plötzlich hatte Kathi Herzklopfen, als Richard ihre Hand hielt.

Nun grinste er auch noch.

„Man weiß ja nie", äußerte er sich nachdenklich. Sophie, die links neben ihr auf der Kirchenbank saß, stupste sie an und empörte sich.

„Könnt ihr mal ruhig sein. Wir verpassen ja da vorne das Wichtigste."

Beschämt nickte Kathi. In der Reihe vor ihnen saßen Felicitas' Vater, ihre Mutter, ihre Oma und die engsten Angehörigen von Felix.

Die Eltern von Lara und ihre Geschäftskollegin aus der Arztpraxis waren auf der anderen Seite ebenfalls vertreten. Die Zwillingsschwestern hatten beschlossen, den schönsten Tag ihres Lebens gemeinsam zu erleben, was allgemeine Begeisterung ausgelöst hatte.

Endlich war es soweit, die Brautpaare gaben sich nacheinander das Jawort.

Alle Anwesenden schauten gebannt nach vorne.

So manche Tränen flossen und Taschentücher wurden weitergereicht.

Als die Trauung vollzogen war, schritten die beiden Paare unter den verklärten Blicken ihrer Lieben den Gang entlang ins Freie.

Draußen stellten sich alle in die Reihe, um den Frischgetrauten zu gratulieren. Max, der auch dabei war und hinter Kathi stand, tippte sie an.

„Schau mal, siehst du die Muslimin da vorne am Eingang?" Sie folgte seinem Blick und schüttelte verwundert den Kopf.

„Die habe ich noch nie gesehen." Sie zögerte.

„Obwohl, irgendwie kommt sie mir schon bekannt vor", fuhr sie fort, zuckte dann aber mit den Schultern.

„Ich kenne eigentlich, wenn ich es mir recht überlege, überhaupt keine Muslimin persönlich."

Max starrte die junge Frau, die einen Schleier vor dem Gesicht hatte, weiterhin nachdenklich an, sagte allerdings nichts mehr. Kathi, für die das Thema damit erledigt war, wandte sich an Richard, der ihr nicht von der Seite wich. „Ich finde es nur so traurig, dass Rike nicht dabei sein kann. Sie ist unsere beste Freundin und fehlt einfach." Richard stimmte ihr zu.

„Mhm" meinte Max, der das gehört hatte und folgte den beiden.

Die verschleierte Frau huschte unauffällig an den frisch Verheirateten vorbei. Wie schön, dass ich das miterleben kann, dachte sie und nahm sich vor, mit in die Gaststätte zu gehen, in der die Hochzeitsfeier stattfand und dort dann den Schleier fallen zu lassen.

Dank

Ich danke meinem Mann für das wieder sehr gelungene Cover.

Herzlichen Dank meinen Freundinnen Christina Bischoff und Susanne Barton für das Lektorat und Korrektorat. Für das Endlektorat bedanke ich mich ganz herzlich bei Frau B. Eichkorn.

Vielen Dank auch meiner Freundin Claudia Makiewicz, die ebenfalls noch einige Fehler im Text aufgespürt hat.

Ganz besonders freue ich mich über die wunderschönen Zeichnungen von Gertrude Gebauer, die sie mit der Maus am Computer gezeichnet hat.

Und natürlich allen meinen treuen Lesern ein herzliches Dankeschön!

Die Liebe, das Leben und die täglichen Katastrophen

Teil 1

Roman

Seiten: 176

ISBN: 9783746008998

Die Liebe, das Leben und die täglichen Katastrophen

Eliane müsste eigentlich glücklich sein, denn sie hat alles, von dem andere nur träumen. Einen gut verdienenden Mann, ein schönes Haus und genügend Geld, um ein angenehmes Leben führen zu können. Aber sie ist nicht zufrieden. In ihrer Ehe kriselt es, ihre Freundinnen hören ihr nicht zu und ihren Traum, ein Café zu eröffnen, kann sie nicht verwirklichen, weil ihr Ehemann dagegen ist. Dann wird Eliane von einigen heftigen Schicksalsschlägen getroffen. Wird sie vielleicht dadurch erkennen, was und vor allem wer wirklich wichtig ist im Leben?

Freundinnen

Eliane Sommerfeld versuchte, mit ihren Freundinnen Schritt zu halten.

Diese hasteten durch die Fußgängerzone, als ob es kein Morgen gäbe. Sie selbst wäre eigentlich lieber zu Hause geblieben und hätte sich gerne mal so richtig ausgesprochen und die beiden um ihren Rat gefragt. Irgendetwas stimmte in ihrer Ehe nicht. Lange wollte Eliane es sich nicht eingestehen, aber sie fühlte sich schon seit Wochen in der Gegenwart von Harald nicht mehr so richtig entspannt. Oft war er übellaunig und immer häufiger bekamen sie wegen Nichtigkeiten Streit.

Deshalb hatte sie Vivienne und Tamara vorgeschlagen, bei ihr einen Kaffee zu trinken. Sie hatte einen Apfelkuchen gebacken, denn, wenn Eliane irgendetwas konnte, dann war es backen. Sie hatte es nicht nötig zu arbeiten, ihr fehlte es an nichts. Ihr Mann wollte nicht, dass sie arbeiten ging, denn das würde ihn in einem schlechten Bild erscheinen lassen. Es gab eigentlich nichts zu tun. Für den Haushalt war die Putzfrau zuständig, für den Garten ein Gärtner und die Bügelwäsche wurde regelmäßig abgeholt. Sie besaßen ein riesengroßes Haus, ganz nach ihrem Geschmack eingerichtet, was wollte sie eigentlich mehr.

Ja, was will ich eigentlich, fragte sich Eliane auch jetzt gerade wieder, während sie ihren Freundinnen hinterher trottete, die viel lieber shoppen gehen wollten, als ihr zuzuhören.

»Hey Eliane, wo bleibst du denn«, rief Tamara ungeduldig. »Da vorne ist die weltbeste Boutique. Da gibt es diese neue italienische Kollektion.«

»Was machst du denn für ein Gesicht?«, wollte nun auch Vivienne wissen.

»Ich komme ja schon«, seufzte Eliane. Sie hatte überhaupt keine Lust, sich irgendetwas zum Anziehen zu kaufen. Ihr Kleiderschrank quoll über, aber sie wollte die beiden auch nicht enttäuschen. Schließlich waren es nicht nur ihre besten, sondern auch ihre einzigen Freundinnen. Sie betrat mit ihnen den Luxusladen, schaute sich lustlos die eine oder andere Bluse an und hing weiterhin ihren Gedanken nach. Sie konnte den lieben, langen Tag machen, was sie wollte. Tennis spielen, sich massieren lassen, zum Friseur, zur Maniküre und in die teuersten Restaurants gehen. Ihr Mann hatte als Bankdirektor ein sehr gutes Einkommen und alles, was er von ihr verlangte, war, vor seinen Kollegen und Freunden, die perfekte Ehefrau abzugeben.

Das ist doch wirklich nicht zu viel verlangt, hing sie weiterhin ihren Gedanken nach.

Aber jetzt wollte er auch noch, dass sie einen Kurs im Golfspielen belegte und das war einfach zu viel. Sie konnte sich nichts Langweiligeres vorstellen, als Golf zu spielen.

Wenn Harald doch wenigstens zustimmen und mich ein Café eröffnen lassen würde, grübelte sie weiter und schaute sich lustlos einige Blusen an. Das war schon immer ihr Traum gewesen. Das Startkapital wäre kein Problem, das wusste Eliane. Aber nein, wie würde ihr Mann denn da vor seinen reichen Freunden dastehen.

»Also Eliane, das macht heute überhaupt keinen Spaß mit dir«, beschwerten sich ihre Freundinnen und bemerkten überhaupt nicht, dass sie kaum ihre Tränen zurückhalten konnte. Dazu kam noch, dass sie sich energielos und ausgebrannt fühlte. Sie würde doch nicht noch eine Depression bekommen. Das fehlte noch, eine Bekannte hatte das mal gehabt, da hatte es auch so angefangen. Nein, ich muss mich zusammenreißen, dachte Eliane, drehte sie sich um, zauberte ein etwas gekünsteltes Lächeln auf ihr Gesicht und meinte: »Ihr habt ja recht, lasst uns etwas trinken gehen. Oder wollt ihr noch weiterhin Klamotten kaufen?«

»Wir können ja beides machen«, antwortete Vivienne und Tamara nickte zustimmend.

So verließen sie, nachdem Elianes Freundinnen ihre ausgewählten Kleidungsstücke bezahlt hatten - einige hundert Euro weniger in der Tasche - den Laden, um im nächsten Café Cocktails zu trinken.

...

Müde stieg Eliane, nachdem Vivienne vor ihrem Haus angehalten hatte, aus deren Auto.

Sie wohnte in der Friedenstraße, die sich in einem noblen Wohnviertel in Pforzheim befand.

Ihre beiden Freundinnen hatten keine Lust, mit ins Haus zu kommen. Stattdessen fuhr Vivienne eiligst davon und Tamara, die sich vorne auf dem Beifahrersitz befand, winkte ihr fröhlich zum Abschied aus dem Seitenfenster zu. Eliane war ihnen heute einfach zu langweilig gewesen. Niedergeschlagen sah sie den beiden nach und blieb unschlüssig auf dem Gehweg stehen. Sie hatte einfach keine Lust, die nächsten Stunden alleine zu verbringen. Aber irgendwie waren die beiden heute auch nicht länger zu ertragen gewesen. Harald würde wahrscheinlich wieder sehr spät nach Hause kommen. Das kam in letzter Zeit immer häufiger vor.

Während Eliane noch überlegte, was sie tun könnte, sah sie zwei Frauen auf sich zukommen. Es handelte sich dabei um Klara Bender und Rebecca Weber. Sie kannte die beiden noch aus der Schulzeit. Diese wohnten ein paar Straßen entfernt in einer einfachen Gegend.

In einem Wohnblock hatten sie zusammen mit Timo Mertens – Eliane kannte ihn flüchtig – eine Wohnung gemietet und eine Wohngemeinschaft gegründet. Sie hatte schon damals mit Klara und deren Freundinnen wenige Gemeinsamkeiten. Allerdings war es ausgerechnet Klara, die sie in letzter Zeit des Öfteren eingeladen hatte, zusammen mit ihr einen Kaffee trinken zu gehen. Eliane hatte immer abgelehnt und auch jetzt nicht die Absicht, eine Freundschaft zwischen ihr und Klara entstehen zu lassen, denn es war für sie unvorstellbar, sich ihren Mann in der Gesellschaft mit den dreien aus der WG vorzustellen. Allein schon Timo, wie er mit seinen längeren, lockigen dunklen Haaren und der legeren Kleidung durch die Gegend lief. Ihr Mann Harald dagegen sah immer aus, wie aus dem Ei gepellt. Man sah ihn meistens nur im Anzug. Sein blonder Kurzhaarschnitt war immer akkurat gestylt und selbst zu Hause trug er nie eine einfache Jogginghose, höchstens mal im Sommer eine kurze Shorts.

Inzwischen hatten Klara und Rebecca Eliane erreicht. Klara begrüßte sie auch sogleich mit den Worten: »Hi Eli, wie geht es dir?«

Eliane verzog das Gesicht, sie mochte es nicht, wenn man sie so nannte. Deshalb antwortete sie mit abweisender Miene: »Mir geht es gut und selbst?« Ihr etwas arroganter Blick wurde durch die - mit einem Glätteisen perfekt geglätteten - blonden, halblangen Haaren noch verstärkt. Trotzdem war da etwas Weiches in ihrem Gesicht, das durch zwei kleine Grübchen rechts und links in ihren Wangen, noch verstärkt wurde. Klara war jedes Mal, wenn sie sich sahen, fasziniert von Elianes Schönheit. Sie sah sowieso in jedem Menschen nur das Gute. Deswegen wurde sie oft von ihren Mitbewohnern belächelt. Aber gerade deshalb liebten Rebecca und Timo ihre Freundin auch so innig. Sie konnte einfach keiner Fliege etwas zuleide tun und wollte es immer allen recht machen.

Bevor die drei sich zu einer Wohngemeinschaft zusammengeschlossen hatten, waren Rebecca und Timo für kurze Zeit ein Paar gewesen. Sie hatten sich im Guten getrennt und zusammen mit Klara verband sie nun eine tiefe Freundschaft.

»Auch ganz okay«, antwortete nun Klara. Dabei schüttelte sie ihre dunkle, lange Lockenmähne, die ihr das Gesicht kurzfristig bedeckt hatte. »Magst du mit zu uns kommen? Wir wollen zusammen einen Kaffee trinken? Rebecca hat einen wunderbaren Kuchen gebacken.«

Rebecca schüttelte unauffällig den Kopf und dachte, die lernt es nie, dass Eliane meint, etwas Besseres zu sein und sich niemals zusammen mit uns an einen Tisch setzen wird.

Diese antwortete auch sogleich: »Nein danke, ich habe selbst gebacken und bekomme gleich Besuch.«

»Okay, kann man nichts machen, vielleicht ein anderes Mal«, äußerte sich Klara enttäuscht.

»Vielleicht«, entgegnete Eliane und verschwand nach einem kurzen „Ciao“ in ihrem Haus.

Dort setzte sie sich in der Küche an den rechteckigen, massiven Holztisch, starrte ihren selbstgebackenen Apfelkuchen an und fühlte sich so unglücklich, wie schon lange nicht mehr. Natürlich erwartete sie keinen Besuch, wer sollte schon kommen? Ihre einzigen Freundinnen hatten ja keine Lust gehabt, den restlichen Nachmittag mit ihr zu verbringen. Dabei hätte sie sich so dringend mal aussprechen müssen. Ein paar Tränen liefen ihr übers Gesicht.

Energisch wischte sie diese weg und dachte, was ist nur los mit mir? Vielleicht sollte ich mir einen guten Therapeuten suchen.

Eliane saß immer noch in unveränderter Haltung auf dem Küchenstuhl, als sie hörte, wie Harald den Schlüssel ins Türschloss steckte. Verwundert schaute sie auf ihre goldene Armbanduhr und stellte fest, dass es schon 18 Uhr war. Was machte ihr Mann um diese Zeit zuhause? Das hatte es seit Monaten nicht mehr gegeben. Da kam dieser auch schon mit ernstem Gesicht in die Küche und sagte anstelle einer Begrüßung: »Ich muss mit dir reden, lass uns ins Wohnzimmer gehen.«

Eliane sah ihn erstaunt an, folgte ihm aber, ohne Fragen zu stellen. Sie setzte sich auf das cremefarbene Sofa, das rechts neben dem hellen, offenen Kamin platziert war. Gegenüber befand sich ein extravaganter Sessel, in der gleichen Farbe und ebenfalls aus Leder. Harald lief unruhig in dem großen Zimmer auf und ab.

»Kannst du dich nicht setzen, du machst mich nervös«, presste Eliane nun doch hervor. Harald nahm wortlos Platz und legte seinen Geldbeutel und das Handy, das er die ganze Zeit in der Hand gehalten hatte, vor sich auf den niedrigen Couchtisch aus Glas. Man konnte ihm ansehen, dass er mit sich kämpfte, schließlich sagte er: »Du hast sicherlich selbst bemerkt, dass wir uns in letzter Zeit nicht so gut verstanden haben....«

»Ja«, flüsterte Eliane leise, aber...«

»Und geschlafen haben wir auch kaum miteinander.«

»Was möchtest du mir damit sagen?«

Harald schwieg einen Moment, es fiel ihm schwer, die richtigen Worte zu finden, bis es schließlich aus ihm heraussprudelte: »Ich liebe dich nicht mehr! Ich werde dich verlassen! Ich gehe noch heute! Du kannst bis auf Weiteres hier im Haus bleiben. Ich überlege in Ruhe, wie wir das weiterhin machen können. Ein halbes Jahr können wir so ohne Probleme verkraften. Vielleicht auch länger«, fügte er hinzu, als er das fassungslose Gesicht seiner Frau sah.

»Hast du eine andere?«, stieß Eliane hervor, nachdem sich ihre Schockstarre etwas gelöst hatte.

»Das spielt doch keine Rolle. Du wirst doch selbst gemerkt haben, dass wir uns in den letzten Monaten nicht mehr allzu viel zu sagen hatten.«

Eliane öffnete den Mund, um etwas zu entgegnen, überlegte es sich dann aber wieder. Sie kannte ihren Mann. Sie wusste, wenn Harald sich für etwas entschieden hatte, war es sinnlos, ihn umzustimmen. Außerdem musste sie sich erst einmal sammeln. Ihr war, als ob ihr jemand den Boden unter den Füßen weggezogen hätte und sie konnte keinen klaren Gedanken fassen. Harald nutze die Pause und erhob sich, indem er sagte: »Ich werde am Wochenende meine Sachen packen, das Nötigste habe ich schon gestern mitgenommen.«

Er ging zur Tür und Eliane hörte, immer noch fassungslos, die Tür ins Schloss fallen. Ihr war gestern schon die gepackte Reisetasche in ihrem gemeinsamen Schlafzimmer aufgefallen, hatte sich aber nichts dabei gedacht. Auf einmal wurde ihr das ganze Ausmaß des soeben Geschehenen bewusst. Sie schlug sie Hände vors Gesicht und weinte hemmungslos.

Vier Wochen später

Verzweiflung

Eliane erwachte mit dröhnenden Kopfschmerzen. Es dauerte eine Weile, bis sie sich orientieren konnte. Ach ja, sie hatte gestern Abend eine ganze Flasche Rotwein getrunken und musste sich nun zwingen, aufzustehen. Aber ihr blieb nichts anderes übrig, denn ihre Blase war so voll, dass sie zu platzen drohte. Sie schwankte Richtung Toilette, stöhnte laut auf und schaffte es gerade noch den Deckel zu heben, sich nach vorne zu beugen und schon musste sie sich übergeben.

Mit weichen Knien ging sie anschließend zum Waschbecken, um sich kaltes Wasser ins Gesicht zu schütten. Das musste aufhören. Ihr wurde bewusst, dass sie zurzeit jeden Abend Alkohol trank und inzwischen schon fast eine Flasche Wein benötigte, um abschalten zu können. Eliane verließ das Haus nur noch, um das Nötigste einzukaufen. Da sie kaum noch etwas essen konnte, war das nicht allzu viel.

In der Küche angekommen, schimpfte sie laut vor sich hin, weil leere Flaschen im Weg lagen, die sich in den letzten Tagen auf dem Fußboden angesammelt hatten. Angeekelt starrte sie das dreckige Geschirr an, das sich in der Spüle stapelte. Es gelang ihr abends nicht einmal mehr, es in die Spülmaschine zu räumen.

Der Putzfrau hatte Harald gekündigt, da er meinte, dass sie ja nun Zeit genug hätte, ihren Haushalt selbst erledigen zu können. Eigentlich war sie auch ganz froh darüber, denn sie wollte sowieso im Moment ihre Ruhe und niemanden sehen. Nur die Sehnsucht nach ihren Freundinnen war da, die sich aber, seit Vivienne wusste, dass Harald ausgezogen war, nicht mehr gemeldet hatten.

Eliane wankte zur Kaffeemaschine und machte sich daran, Kaffee aufzusetzen. Harald war, nachdem er sie vor vier Wochen verlassen hatte, wie angedroht, am darauffolgenden Wochenende noch einmal dagewesen, um seine restlichen Sachen zu holen. Schweigend hatte er dieses erledigt und seitdem hatte sie ihn auch nicht mehr zu Gesicht bekommen.

Erschrocken fuhr sie herum, als das laute Klingeln der Haustür ertönte. Wer kann das sein, dachte sie panisch, leise zur Tür schleichend, als die Stimme ihrer Mutter ertönte: »Eliane, mach auf, ich weiß, dass du da bist.«

Stocksteif blieb Eliane stehen. Ihre Mutter war die Letzte, die sie jetzt sehen wollte. Es gab aber keinen Ausweg, weil Brigitte nicht gehen würde. Deshalb öffnete sie die Tür. Ihre Mutter drückte sich an ihr vorbei und ging direkt in die Küche. Dort blieb sie fassungslos stehen, als sie das Chaos sah, das dort herrschte. Empört drehte sich Brigitte zu ihrer Tochter um und sagte: »Bist du wahnsinnig geworden? Das hier ist ja ekelhaft.«

Eliane stockte der Atem. Sie wollte etwas erwidern, aber die Worte blieben ihr im Hals stecken. Tränen liefen ihr übers Gesicht. In den ersten Tagen, nachdem Harald ausgezogen war, hatte sie einmal kurz mit ihrer Mutter telefoniert und ihr erzählt, dass Harald eine Geliebte habe und gegangen sei. Seitdem hatte sie von ihr nichts mehr gehört, bis zum heutigen Tag und nun dieser Auftritt. Eliane war in guten Verhältnissen aufgewachsen, aber reich waren ihre Eltern nie gewesen. Ihre Mutter war schon immer von der gehobenen Gesellschaft angezogen worden. In ihrem Umfeld gab es einige Freundinnen, die sich um Geld keine Sorgen machen mussten. Nach dem Tod ihres

Vaters hatte sich das noch verstärkt. Brigitte gab sich mit ihrem früheren Freundeskreis gar nicht mehr ab und verbrachte ihre Freizeit nur noch in der sozusagen „besseren Gesellschaft". Umso mehr freute sie sich, als Eliane diesen gutaussehenden, wohlhabenden Mann an Land gezogen und ihn schließlich auch geheiratet hatte. Sie war damals vollkommen aus dem Häuschen gewesen. Regelmäßig besuchte sie ihre Tochter und Harald und verstand sich auch wunderbar mit ihrem Schwiegersohn.

Brigitte sagte nun schnaubend: »Und da wunderst du dich, dass dir dein Mann davonläuft?«

Nun kroch so eine Wut in Eliane auf, dass sie ihren Arm ausstreckte, mit dem Zeigefinger zur Haustür zeigte und mit festem, hartem Tonfall sagte: »Verlasse sofort mein Haus!«

Brigitte schaute ihre Tochter überrascht und fassungslos an, wollte zum Sprechen ansetzen, überlegte es sich aber anders, stapfte über die am Boden liegenden Flaschen hinweg zur Eingangstür und verließ wütend das Haus, wobei sie die Tür besonders laut zufallen ließ.

Eliane schleppte sich ins Wohnzimmer, ließ sich auf die Couch sinken und weinte bitterlich. Sie wurde von heftigen Weinkrämpfen geschüttelt. Der ganze Kummer der letzten Wochen brach aus ihr heraus.

Es war ungefähr eine Stunde vergangen, Eliane konnte nicht mehr weinen, aber sie fühlte sich besser. Sie hatte einfach mal ihre Tränen laufen lassen, ohne sich ständig zu ermahnen, dass sie sich zusammenreißen müsse. Sie spürte wieder etwas Kraft in sich. Auf einmal wusste sie, was zu tun war. Sie musste ihr Leben selbst in die Hand nehmen. Es war das erste Mal, dass sie vollkommen auf sich alleine gestellt war. Aber vielleicht war dies ja eine Gelegenheit endlich etwas daraus zu machen. Sie war von ihrer Mutter zwar noch nie geliebt worden - zumindest empfand Eliane das so -, aber als sie noch zuhause gelebt hatte, hatte diese wenigstens für sie gesorgt und ihr gesagt, was sie zu tun und zu lassen hätte. Dann lernte sie Harald kennen, war direkt bei ihm in seine damalige komfortable Wohnung eingezogen und zwei Jahre später waren sie verheiratet. Das war jetzt sechs Jahre her. Und bis vor einem Jahr war sie auch glücklich gewesen. Ja, zu diesem Zeitpunkt hatte es angefangen, dass Harald immer später Feierabend machte und sie sich immer weniger zu sagen hatten. Vielleicht hat er schon seit Längerem eine andere, überlegte sich Eliane. Sie wollte es sich nur bis vor vier Wochen nicht wirklich eingestehen, dass da irgendetwas schief lief. »Aber jetzt ist Schluss!«, rief sie laut zu ihrer eigenen Bestätigung, sprang auf, ging mit neuem Schwung in die Küche und begann aufzuräumen.

Zwei Stunden später war Eliane fertig, zumindest mit der Küche. Ihr Körper kam ihr von der ungewohnten Arbeit wie gefoltert vor, aber sie war mit sich zufrieden und hatte sogar vorübergehend ihre Kopfschmerzen vergessen. Allerdings begann es sogleich in ihrem Kopf wieder zu hämmern, als sie daran dachte. Sie schluckte eine Schmerztablette und bemerkte zu ihrer Verwunderung, dass sie hungrig war.

Leider war so gut wie nichts Essbares im Haus. Nachdem nun endlich der Kaffee fertig war -Harald war gegen einen Kaffeevollautomaten gewesen, weil ihm der Filterkaffee besser schmeckte -, genehmigte sie sich zwei Tassen davon. Anschließend beschloss Eliane, einkaufen zu gehen und verließ nach einer Katzenwäsche das Haus. Sie war vor lauter Hunger schon ganz schwach. Trotzdem ließ sie sich Zeit und schlenderte langsam die Friedenstraße Richtung Schwarzwaldstraße entlang. Eliane musste den Berg hinunter in die Stadt gehen, um zu dem kleinen Feinkostladen zu gelangen, der sich unten in der Hohlstraße befand. Da es heute herrliches Wetter war und sie mit diesen Kopfschmerzen nicht Autofahren wollte, entschied sie sich, zu diesem kleinen

Lebensmittelgeschäft zu gehen. Eigentlich war es eine Bäckerei, die aber auch eine begrenzte Auswahl an Lebensmitteln anbot. Das Geschäft befand sich in einer ruhigen Seitenstraße und war gut erreichbar.

Eliane wunderte sich über sich selbst, denn sie konnte auf einmal doch tatsächlich, während sie Richtung Innenstadt hinunterschlenderte, das schöne Wetter genießen. Ihr gefiel es immer wieder, all die alten Villen, von denen es hier in der Friedenstraße noch einige gab, zu bewundern. Sie bog nun rechts ab, um den Berg der Schwarzwaldstraße hinunterzugehen, und beschloss, keinen Tropfen Alkohol mehr zu trinken. Na ja, vielleicht nicht für immer, aber vorerst. Es wäre doch gelacht, wenn sie ihr Leben nicht auch ohne Harald in den Griff bekommen würde. Zum ersten Mal dachte sie nach und gestand sich ein, dass es seit ungefähr einem halben Jahr doch sehr in ihrer Ehe gekriselt hatte. Vielleicht passte Harald auch überhaupt nicht zu ihr. Eliane holte tief Luft und fühlte sich wie befreit. Inzwischen war sie unten angekommen. Hier befanden sich auf der rechten Seite einige Mehrfamilienhäuser und ebenfalls der Wohnblock, in dem Klara, Rebecca und Timo wohnten. Seltsam, dass sie jetzt daran denken musste, mit den dreien hatte sie nun wirklich nichts zu tun. Eliane bog rechts in die Hohlstraße ein, in der sich auch der kleine Laden befand. Sie wollte gerade auf die andere Seite überwechseln, als ihr Blick an der Dönerbude hängenblieb, die sich am Anfang der Straße befand. Mehrere Männer waren damit beschäftigt, das Geschäft auszuräumen. Einer von ihnen, der rückwärts ging, weil er zusammen mit einem anderen Mann einen schweren Gegenstand trug, hätte sie fast angerempelt. Erschrocken starrte er Eliane an und fragte: »Kann ich Ihnen irgendwie helfen? Suchen Sie jemanden?«

»Äh, nein«, stotterte Eliane etwas herum. »Wird die Dönerbude geschlossen?«

»Ja«, antwortete der Mann zögernd, weil er sich dachte, dass Eliane nicht so aussah, als ob sie die Döner vermissen würde. Während er mit seinem Kollegen weiter ging, weil der Gegenstand, den sie trugen sehr schwer war, rief Eliane ihnen hinterher: »Wissen Sie, ob die Räume zu mieten sind?«

Dieses Mal antwortete der andere Mann: »Ich glaube schon, aber da müssen Sie sich an den Besitzer wenden. Herr Lange ist allerdings erst heute Abend wieder zu erreichen.

Eine Telefonnummer habe ich nicht, aber er hat gesagt, dass er so gegen 19 Uhr wieder hier sein wird.«

Eliane bedankte sich und ging kopfschüttelnd weiter. Was hatte sie sich nur dabei gedacht? War sie verrückt geworden? Das war natürlich Blödsinn! Aber der

Gedanke, dort vielleicht ein Café eröffnen zu können, hatte sich schon in ihrem Kopf festgesetzt.

Wie sollte sie denn aber um Himmels willen, in ihrer jetzigen Situation, ganz alleine, so etwas auf die Beine stellen können? Sie würde also lieber keinen Kontakt mit diesem Herrn Lange aufnehmen...

Tamara, ihr Leben und das Café

Roman

Teil 2

Seiten: 192

ISBN: 9783748183280

Tamara, ihr Leben und das Café

Seit Tamara bei ihrer Freundin Eliane im Café arbeitet, ist sie einer der glücklichsten Menschen auf Erden. Dachte sie zumindest bis vor acht Wochen, denn seit einiger Zeit verhält sich ihr Ehemann immer seltsamer. Hat er vielleicht eine Geliebte? Das kann sich Tamara allerdings nicht vorstellen, da er sich ihr gegenüber liebevoll wie immer verhält. Aber was ist es dann? Dazu kommt noch, dass sie drauf und dran ist, sich in einen anderen Mann zu verlieben. Verzweifelt sträubt sie sich gegen ihre Gefühle und versucht ihre Ehe zu retten...

Neues aus dem Café und andere Katastrophen
Teil 3
Roman
Seiten:180
ISBN:9783750419803

Neues aus dem Café und andere Katastrophen

Ohne Freundschaft geht es nicht. Aber auch beste Freundinnen haben ab und zu ihre eigenen Probleme...

Viviennes Traum von einer guten Ehe ist wie eine Seifenblase geplatzt. Plötzlich merkt sie, dass ihre reichen Freundinnen sich alle von ihr abwenden. Was soll sie nur tun? Kontakt zu ihrem früheren Freundeskreis aufnehmen? Aber wie würde sie dort empfangen werden? Schließlich war sie damals nicht sehr nett zu ihnen gewesen. Vor allem Eliane hatte allen Grund, böse auf sie zu sein. Auch Tamara, Vivis beste Freundin aus alten Tagen, hatte sich schließlich von ihr abgewendet und arbeitet jetzt sogar in Elianes Café. Dann sind da noch Rebecca, Klara und Klaus aus der Wohngemeinschaft. Klara ist unsterblich in ihren Mitbewohner verliebt. Aber beruht das auf Gegenseitigkeit? Und Rebecca hat ihre eigenen Probleme. Sie wird von ihrem Ex-Freund gestalkt. Werden die Freundinnen bemerken, dass sich eine von ihnen in großer Gefahr befindet? Selbst Tamara mit ihrem Helfersyndrom ist im Moment mit sich selbst beschäftigt und bekommt nicht viel von ihrem Umfeld mit.

FSC
www.fsc.org
MIX
Papier aus ver-
antwortungsvollen
Quellen
Paper from
responsible sources
FSC® C105338